Bianca

LUNA DE MIEL PENDIENTE
CATHY WILLIAMS

Editado por Harlequin Ibérica.
Una división de HarperCollins Ibérica, S.A.
Núñez de Balboa, 56
28001 Madrid

© 2015 Cathy Williams
© 2017 Harlequin Ibérica, una división de HarperCollins Ibérica, S.A.
Luna de miel pendiente, n.º 2536 - 5.4.17
Título original: The Wedding Night Debt
Publicada originalmente por Mills & Boon®, Ltd., Londres.

I.S.B.N.: 978-84-687-9532-4
Depósito legal: M-3384-2017
Impresión en CPI (Barcelona)
Fecha impresion para Argentina: 2.10.17
Distribuidor exclusivo para España: LOGISTA
Distribuidores para México: CODIPLYRSA y Despacho Flores
Distribuidores para Argentina: Interior, DGP, S.A. Alvarado 2118.
Cap. Fed./Buenos Aires y Gran Buenos Aires, VACCARO HNOS.

Capítulo 1

DIVORCIO. Era algo que les pasaba a otras personas. A gente que no daba importancia a su matrimonio, que no entendía que debían cuidarlo, alimentarlo y manejarlo con la delicadeza que se maneja una carísima pieza de porcelana.

En cualquier caso, esa había sido la forma de pensar de Lucy durante toda la vida. Por eso, no comprendía qué hacía allí parada, en una de las casas más grandiosas de Londres, esperando que su marido volviera a casa para proponerle el divorcio.

Cuando miró el reloj de diamantes que llevaba, se le encogió el estómago con ansiedad. Dio volvería dentro de una hora. No podía recordar dónde había ido de viaje la última semana y media. ¿Nueva York? ¿París? Tenían casas en ambos lugares. O, tal vez, había sido en su casa de playa. ¿Quién sabía? Ella no.

Una oleada de lástima de sí misma la invadió.

Llevaba casada casi un año y medio. Había tenido tiempo de sobra para asumir que sus sueños de juventud se habían hecho cenizas.

Al levantar la vista, se vio reflejada en el enorme espejo artesano que dominaba el salón. Era una mujer alta, esbelta, de cabello largo rubio, de hombros rectos y piel color vainilla. Cuando tenía dieciséis años, una agencia de modelos había querido contratarla y su padre la había animado a lanzarse a ese mundo. Después de todo, ¿qué otra cosa podía hacer una chica bella con sus talentos? Pero ella se había negado y había insistido en ir a la universidad. De todas maneras, de poco le había servido, pues había terminado allí, en esa enorme casa, sola, desempeñando el papel de ama de llaves perfecta.

Apenas se reconocía a sí misma. Llevaba puestos unos pantalones cortos de seda y una blusa de tirantes a juego, con tacones y algunas joyas de gran valor. Se había convertido en la típica esposa trofeo de un multimillonario, con la excepción de que su marido no volvía pronto a casa cada tarde, preguntando qué había de cenar. Eso hubiera mejorado ligeramente su situación, se dijo con amargura.

Aunque su situación había cambiado en los dos últimos meses, pensó con una pequeña sonrisa. Las cosas no eran tan estériles como antes, se recordó a sí misma, acariciando el pequeño secreto que latía en su interior.

Eso la compensaba por todo el tiempo que había dedicado a vestirse como una muñeca cara, a sonreír con educación en las reuniones, a hacer de anfitriona para los más ricos.

Al fin... el divorcio la liberaría.

Sin embargo, cabía la posibilidad de que Dio se opusiera. Aunque no tenía razón para negarse, se dijo, sin poder evitar sentirse cada vez más nerviosa.

Dio Ruiz era el prototipo de macho alfa. En los negocios, siempre se salía con la suya. Era el hombre más sexy del planeta y, también, el más intimidatorio.

Pero ella no se iba a dejar intimidar. Se había pasado los últimos días convenciéndose de eso, después de haber tomado una decisión por fin. Poner la mayor distancia posible entre ella y su marido era la mejor opción, se repitió a sí misma.

La única pequeña pega era que Dio no se lo esperaba. Y era la clase de hombre que odiaba lo inesperado.

Lucy oyó la puerta principal y, con el estómago en un puño, se giró para recibirlo. De inmediato, su poderosa presencia física llenó la habitación.

Ella se había fijado en él cuando tenía veintidós años. Le había parecido el hombre más imponente que había visto. Y seguía pareciéndoselo. Tenía el pelo negro como el carbón, piel aceitunada y ojos verdes plateados, enmarcados por gruesas pestañas. Su boca era firme y sensual. Y todo en él advertía que no era la clase de hombre con el que se podía jugar.

–¿Qué estás haciendo aquí? Pensé que estabas en París... –comentó él y, apoyado en el quicio de la puerta, comenzó a aflojarse la corbata.

Sorpresa, sorpresa. Por lo general, sus encuentros con su esposa eran meticulosamente planeados con anticipación. Eran encuentros formales, previstos, nunca espontáneos. Cuando ambos estaban en Londres, sus agendas estaban repletas de obligaciones y eventos sociales. Tenían habitaciones separadas, se preparaban en sus respectivos territorios y se encontraban en el recibidor, arreglados como pinceles, listos para ofrecer al mundo una engañosa imagen de pareja unida.

De vez en cuando, Lucy lo acompañaba a París, Nueva York o Hong Kong, en calidad de accesorio perfecto.

Inteligente, bien educada y bella. Una buena acompañante para viajes de negocios.

Tras quitarse la corbata, Dio la observó un momento con el ceño fruncido y se acercó a ella. Una vez delante, comenzó a desabotonarse la camisa.

–Bueno... ¿A qué debo este inesperado placer? –preguntó él con voz sensual.

Su aroma, a limpio y a hombre, la invadió.

–¿Interrumpo tus planes para la noche? –inquirió ella a su vez, apartando la mirada de su pecho bronceado.

–Mis planes eran leer un documento legal muy aburrido de la compra de una empresa. ¿Qué planes crees que podías estar interrumpiendo?

–Ni idea –dijo ella, encogiéndose de hombros–. No sé a qué te dedicas en mi ausencia.

–¿Quieres que te lo cuente?

–No me importa, la verdad. Aunque habría sido un poco embarazoso verte entrar con una mujer del brazo –comentó ella, fingiendo una risa distante y fría.

No había sido así siempre. Al principio, había sido lo bastante estúpida como para creer que él había estado interesado en ella de verdad.

Habían salido juntos unas cuantas veces. Lucy le había hecho reír con anécdotas de sus amigas de la universidad, de sus aventuras. También lo había escuchado embelesada cuando él le había hablado de los lugares que había visitado. El hecho de que su padre hubiera dado su aprobación a su relación también había sido decisivo, teniendo en cuenta que siempre había mirado con malos ojos a sus anteriores novios. La verdad era que lo habitual en Robert Bishop había sido criticar todas las elecciones de su hija. Por eso, el que su padre hubiera aceptado a Dio había sido una novedad muy refrescante.

Si Lucy no hubiera estado tan cegada por el enamoramiento, se habría preguntado en su momento por la razón de ese cambio. Sin embargo, había estado demasiado embobada como para cuestionarse la súbita benevolencia paterna.

Cuando Dio le propuso matrimonio después de un excitante romance, ella había estado en las nubes. El intenso aunque casto noviazgo la había emocionado, igual que el hecho de que él hubiera tenido tanta prisa por casarse. Había estado entusiasmada, además, ante la perspectiva de irse de luna de miel a las Maldivas y por la noche de bodas, el momento en el que perdería la virginidad.

Su primera noche juntos, sin embargo, no había sido como Lucy había esperado. Cuando había ido a buscarlo, dejando atrás el ruido de la música, el baile y los invitados, no lo había encontrado en ninguna parte, hasta que escuchó el profundo timbre de su voz en el despacho de su padre.

Para él, no había sido más que un matrimonio de conveniencia. Dio había adquirido la compañía de su padre y ella había sido una especie de trofeo añadido a la compra. O, tal vez, su padre había sido quien había insistido en que se casaran para, de alguna manera, mantener su vieja compañía en la familia.

Gracias a ella, su padre tenía la seguridad de que Dio no lo dejaría fuera de juego. Así se lo había confesado el viejo cuando Lucy lo había confrontado más tarde, diciéndole lo que había escuchado esa noche fatídica. Encima, gracias a su enlace, su padre había logrado reunir sumas de dinero antes inimaginables para él.

De golpe, Lucy había perdido la inocencia esa noche. Y su matrimonio había terminado incluso antes de que hubiera empezado.

Lo malo había sido que no había podido romperlo.

Eso le había advertido su padre. No, a menos que hubiera querido que la compañía de la familia se perdiera. Para colmo, había algunos asuntos sucios de dinero que Dio había prometido tapar... Por lo visto, su padre había tomado prestado dinero que no había devuelto y podría haber ido a la cárcel por ello. ¿Había querido eso ella, ver a su padre entre rejas? ¿Había querido que todo el mundo los señalara y se burlara de ellos?

De esa forma, Lucy había consentido formar parte de la farsa. Había logrado salvar a su padre de prisión, a cambio de encarcelarse ella misma.

Eso sí, había decidido estar casada solo en apariencia. Nada de sexo. Nada de carantoñas. Si Dio había pensado que había comprado su cuerpo y su alma, le había demostrado que se había equivocado.

Cada vez que Lucy recordaba cómo se había enamorado de él, cómo había creído que él la había correspondido, se moría de vergüenza.

Por eso, había encerrado sus ilusiones en una caja, había tirado la llave... y allí estaba.

–¿Algún problema con la casa de París? –preguntó él con tono educado–. ¿Quieres beber algo? Podemos celebrar que, por primera vez, estamos juntos en la misma habitación, solos y sin prepararlo con antelación.

Aunque, si Dio lo pensaba bien, habían estado así muchas veces antes de casarse, cuando Lucy había dado rienda suelta a todas sus artimañas para cazarlo.

Dio había puesto los ojos en Robert Bishop y su compañía hacía mucho tiempo. Había seguido su trayectoria, había sabido esperar y había sido testigo de cómo se había ido hundiendo en un pozo de deudas. Entonces, como un depredador hambriento, había atacado en el momento perfecto.

La venganza era un plato que se servía frío.

Pero no había contado con su hija. En cuanto la vio por primera vez, su belleza etérea e inocente había alterado sus planes al instante. Se había quedado prendado de ella sin remedio, algo muy poco común en él.

No había contado con esa complicación. Había creído que Lucy se acostaría con él y, en pocas semanas, podría olvidarla. Sin embargo, tras semanas de cortejo, Dio había comprendido que había querido más que una aventura con ella.

Lo malo era que, casi un año y medio después, su matrimonio era tan estéril como el polvo, caviló Dio. No se había acostado jamás con ella. Y tenía la amarga sensación de que, a pesar de que él había creído tener las de ganar, Lucy y su maldito padre le habían tomado el pelo. En vez de haber enviado a Robert Bishop a la policía por sus delitos de estafa, había tapado los agujeros de la compañía. Lo había hecho por Lucy. Había querido tenerla de su lado y había comprendido que salvar la compañía de su padre había sido parte del trato. Por supuesto, había hecho dinero con la transacción y había dejado fuera de la dirección de la empresa a Robert Bishop, asegurándose de que tuviera suficiente dinero como para no pensar más que en disfrutar de la vida.

Aun así...

Se había dejado engatusar por el discreto y tímido encanto de Lucy. Cuando ella lo había mirado con sus enormes ojos castaño y expresión de embeleso, él se había sentido como si hubiera encontrado el secreto de la vida eterna.

Lucy le había dado pie para cortejarla. Quién sabía si el farsante de su padre la había animado a hacerlo. Pero eso ya no importaba.

Lucy negó con la cabeza ante su oferta de tomar algo. Pero, de todos modos, Dio sirvió un whisky para él y vino para ella.

–Relájate –dijo Dio, dándole su vaso. Acto seguido, se colocó junto a la ventana, donde le dio un trago a su bebida, mientras la observaba en silencio.

En la noche de bodas, Lucy le había dejado claro como el agua que el suyo no era un matrimonio real. Nada de sexo, nada de charlas íntimas, nada de conocerse mejor. De acuerdo, él había adquirido la compañía de su padre. Pero ella no formaba parte del paquete.

A Dio nunca se le había ocurrido tener una conversación seria con ella sobre la naturaleza de su matrimonio. Nunca había hecho un esfuerzo por hablar las cosas. Por otra parte, nadie podía acusar a Lucy de no ser la esposa perfecta. Su hermosura rubia y esbelta no tenía igual, acompañada de un aire de inocencia y exquisitos modales. Era la mejor acompañante que un hombre de negocios podía desear. Y una excelente actriz.

–Si no estás en París, debe de ser que le pasa algo a nuestra casa de allí. Deberías saber que no quiero que me molestes con esos detalles. Es tu trabajo ocuparte de que todo funcione como es de esperar.

Lucy se puso tensa. Trabajo. Era la palabra perfecta para describir lo que aquel matrimonio era para ella.

–La casa de París está perfectamente. Solo he decidido que... –comenzó a decir ella e hizo una pausa para darle un trago a su copa–. Tenemos que hablar.

–¿De verdad? ¿De qué? ¿No me digas que quieres un aumento de sueldo, Lucy? Tu cuenta bancaria goza de muy buena salud. ¿O has visto algún capricho? ¿Quieres una casa en Italia? Cómprala –dijo él y, encogiéndose de hombros, se terminó el resto del whisky–.

Siempre que esté en un lugar que pueda ser conveniente para los negocios, no me importa.

–¿Para qué iba a querer yo comprar una casa, Dio?

–Entonces, ¿qué? ¿Joyas? ¿Un cuadro? ¿Qué?

Su tono de indiferencia y desprecio hizo que a Lucy se le encogiera todavía más el estómago. Por lo general, no solían mantener conversaciones de más de cinco minutos, cuando se veían atrapados en el mismo taxi, o regresaban a alguna de sus mansiones, mientras se quitaban los abrigos para desaparecer en alas opuestas de la casa.

–No quiero comprar nada –le espetó ella. Posó los ojos en los caros muebles, los cuadros, las alfombras persas que adornaban el espacio.

Dio nunca reparaba en gastos. El trabajo de Lucy consistía en asegurarse de que todas sus carísimas propiedades inmobiliarias funcionaran a la perfección. En ocasiones, él se las prestaba a algún socio o cliente. Entonces, ella debía ocuparse de tenerlo todo preparado, limpio y con provisiones, para que el invitado quedara satisfecho.

–En ese caso, ¿por qué no vas al grano de una vez? He venido a casa porque tengo que terminar algo en el ordenador antes de acostarme.

–Claro. Si hubieras sabido que yo estaba esperándote aquí, habrías ido a cualquier otro sitio.

Dio se encogió de hombros, sin molestarse en decir lo contrario.

–Siento que... las circunstancias entre nosotros han cambiado desde que mi padre murió hace seis meses.

Sin dejar de mirarla a la cara, Dio dejó el vaso sobre la mesa. En lo que a él respectaba, el mundo era un lugar mejor sin Robert Bishop. No tenía ni idea de lo que opinaba su esposa, era cierto. Desde el día del funeral, en el que ella no había derramado ni una lágrima, todo había seguido igual que siempre.

–Explícate.

–No quiero seguir atada a ti y ya no es necesario –señaló ella, tratando de no dejarse intimidar por la penetrante mirada de su marido.

–También estás atada a un estilo de vida que la mayoría de las mujeres envidiarían.

–Entonces, debes dejarme ir y buscar a una de esas mujeres para que ocupe mi puesto –repuso ella, sonrojándose–. Serías más feliz. Seguro que sabes que yo no soy feliz, Dio. Tal vez, lo sabes y no te importa.

Lucy se sentó, sin atreverse a mirarlo a los ojos. Dio seguía ejerciendo una poderosa atracción sobre ella, a pesar de lo mucho que ella había tratado de matar esa sensación. Era inadecuado sentirse atraída por un hombre que la había utilizado y que se había casado con ella para exhibirla como trofeo en los negocios. No tenía sentido.

–¿Me estás diciendo que quieres que acabemos?

–¿Cómo podrías culparme? –replicó ella y, al fin, lo miró a los ojos–. No vivimos como un matrimonio. Ni siquiera entiendo por qué te casaste conmigo, ni por qué te interesaste en mí al principio –añadió. Sin embargo, sí lo entendía. Su padre le había explicado que Dio había buscado reconocimiento social a través de tenerla como esposa. ¿Para qué? No tenía ni idea.

Era algo que Lucy nunca le había preguntado a su marido. Era ya bastante humillante pensar que la había convertido en su mujer solo para utilizarla.

–Podrías haber comprado la compañía de mi padre sin necesidad de casarte conmigo –continuó ella, sacando todo su valor para no apartar la mirada–. Sé que mi padre intentó unirnos porque pensaba que, si nos casábamos, no lo enviarías a prisión. Pero tú no tenías ninguna razón para hacerlo. Podías haber elegido a cualquier otra mujer. Seguro que muchas habrían estado dichosas de ser tu esposa.

–¿Cómo te habrías sentido si tu papaíto hubiera terminado en la cárcel?

–Nadie quiere ver a un pariente entre rejas.

Era una respuesta extraña, pero Dio lo dejó correr. La súbita aparición de Lucy lo tenía bastante perplejo y un poco fuera de combate, aunque lo ocultaba a la perfección.

¿Acaso ella creía que podía tratarlo como una marioneta? ¿Creía que podía atraerlo y casarse con él para, luego, rechazarlo en la noche de bodas? Y, después de la muerte de su padre, ¿librarse de él tan fácilmente?

–No, tener a un pariente en la cárcel no queda bien en las reuniones sociales, ¿verdad? –comentó él y se levantó para servirse otra copa–. Dime algo, Lucy, ¿qué opinas del uso que hizo tu padre de los fondos de pensiones de la compañía?

–Él nunca me explicó con detalle lo que había hecho –murmuró ella, incómoda. La verdad era que no había sabido mucho de los asuntos financieros de su padre, hasta que había escuchado aquella conversación detrás de la puerta el día de su boda.

Sin embargo, si su marido le preguntaba qué opinaba de su padre, Lucy le podía responder con más conocimiento de causa. Robert Bishop siempre la había menospreciado. Había sido el típico egocéntrico machista que no había considerado a las mujeres como sus iguales. Su pobre y hermosa madre había vivido una vida de amargura a su lado, antes de haber muerto a los treinta y ocho años de cáncer. Robert Bishop había sido un hombre implacable y cruel que nunca había tenido a su mujer en cuenta. Había sido infiel, había bebido demasiado y había maltratado a Angela Bishop sin ningún reparo.

Lucy se había pasado toda la vida evitando a su padre. No había sido difícil, pues la habían enviado a un internado a los trece años. Pero nunca había dejado de odiarlo por lo que le había hecho pasar a su madre.

Sin embargo, no lo había odiado tanto como para haber querido verlo en prisión. Además, no había querido ver ensuciada la reputación de su madre. Había estado dispuesta a todo con tal de evitar que las amigas de Angela Bishop se hubieran reído de ella tras sus espaldas, cuchicheando que había terminado con un timador.

Dio la observó, preguntándose qué estaría pensando. Un misterioso aire de lejanía inalcanzable excitaba su curiosidad. Y le ponía de los nervios.

—Bueno, responderé yo por ti, si quieres —dijo él con tono brusco—. Tu padre se pasó años robando el fondo de pensiones hasta que no dejó nada. ¿Tenía problemas con la bebida?

Lucy asintió.

—Era un alcohólico. Aunque eso no le impedía tener la destreza necesaria para quitarle el dinero a los demás. Llevó su compañía al borde de la quiebra. Y habría desaparecido si yo no la hubiera rescatado.

—¿Por qué lo hiciste? —preguntó ella. Era algo que siempre se había preguntado. Era uno de los más poderosos multimillonarios del mundo. ¿Por qué se había preocupado por la miserable compañía de su padre?

Dio contrajo el rostro. Era una historia muy larga que, sin duda, no tenía ninguna intención de compartir con ella.

—La empresa tenía potencial —respondió él con una sonrisa seductora—. Tenía tentáculos en las áreas de negocio adecuadas y fue una buena compra. Me ha dado más dinero del que puedo gastar. Además... tú venías en el paquete, recuerda —añadió con gesto cínico—. ¿Qué hombre podía haberse resistido a un bocado tan delicioso? Encima, tu padre estaba ansioso por cerrar el trato y entregarte como premio.

Cuando a Lucy se le humedecieron los ojos, Dio casi lamentó sus palabras. Casi.

—Pero tú nunca te entregaste, ¿verdad? Me sonreías, fingías escucharme con atención, me dejabas acercarme tanto como para darme ganas de una ducha fría cada vez que volvía a mi casa... Entonces, en nuestra noche de bodas, me informaste que no pensabas ser parte del trato. Me atrapaste en la red para luego...

—Yo no... No era mi intención hacer eso... —balbuceó ella. Sin embargo, de golpe, comprendió cómo Dio había visto la situación.

—¿Por qué será que no te creo? —murmuró él, apurando la copa de un trago—. Tu padre y tú me tendisteis una trampa y caí en ella.

—¡Eso no es verdad!

—Entonces, una vez que estuve atrapado, dejaste de fingir. Ahora quieres el divorcio. Tu padre ya no corre peligro de ir a la cárcel y quieres irte —comentó él. De pronto, un pensamiento le asaltó. ¿A qué se había dedicado ella durante sus muchas ausencias?

Podía haberla hecho seguir, pero había preferido no hacerlo. Le había costado imaginarse a aquella fría doncella de hielo haciendo algo a sus espaldas. Aunque, tal vez...

¿Solo había esperado a que su padre muriera para pedir el divorcio? ¿O había otra razón? ¿Había estado saliendo con otro hombre durante ese tiempo?

Aquella idea lo llenó de rabia al instante y comenzó a cobrar fuerza como un veneno.

–Quiero el divorcio porque creo que ambos nos merecemos algo mejor.

–Qué considerada por tomar mis sentimientos en cuenta –observó él con tono burlón–. Nunca pensé que pudieras ser tan compasiva.

Lo primero que iba a hacer el día siguiente por la mañana era mandar que la siguieran, se dijo Dio. Estaba decidido a averiguar si andaba con otro hombre.

–No tienes por qué ser sarcástico, Dio.

–¿Quién es sarcástico? Nada de eso. Pero estaba pensando una cosa... Si quieres dejarme, ¿eres consciente de que te irás sin nada?

–¿De qué estás hablando?

–Tenemos un acuerdo prematrimonial muy detallado que tú firmaste, aunque no estoy seguro de si lo leíste bien o no. Seguramente, estabas tan ansiosa por echarme el lazo que lo firmaste pensando que era un mero formalismo. ¿Acierto?

Lucy recordaba vagamente haber firmado un documento muy largo y aburrido. Sin embargo, no tenía sentido discutir si había estado ansiosa por echarle el lazo. Igual que cuando había negado haber estado aliada con su padre para engañarlo, Dio no lo creería. Era un hombre con quien era imposible discutir y ganar.

Lo único que ella quería era no volver a verlo

nunca más. De pronto, ese pensamiento hizo que se le encogiera el estómago de tristeza.

–Debo cuidar mi salud financiera, como comprenderás –prosiguió él–. ¿Sabes cuánto dinero tuve que inyectar en la compañía de tu padre para reponer lo que él había robado? Millones –añadió con un suspiro exagerado.

Lucy bajó la vista porque siempre la mortificaba hablar de su padre.

–Mientras seas mi mujer, puedes tener lo que quieras. No tienes límite en la cantidad asignada para ti.

–Siempre que apruebes mis compras, querrás decir.

–¿Alguna vez he desaprobado algo que quisieras comprar?

–Lo único que compro es ropa, joyas y accesorios –repuso ella–. Y solo porque lo necesito para representar mi papel.

–Como quieras –dijo él, encogiéndose de hombros–. Podías haberte comprado una flota de coches si hubieras querido.

Frunciendo el ceño, Dio decidió que no iba a concederle el divorcio. La razón de su negativa era todavía un poco incomprensible para él. Nunca había sido un hombre posesivo. Ni había entrado en sus planes retener a una mujer que quería escapar. Lo único que había querido había sido venganza. Y lo había logrado al conseguir la compañía de Robert Bishop. Entonces, ¿qué sentido tenía forzar a Lucy a seguir atrapada en ese matrimonio vacío?

Por otra parte, había sido engañado. Timado. ¿Y a qué hombre le sentaba bien descubrir que le habían tomado el pelo?

–Si me dejas, te irás solo con lo puesto.

Lucy se quedó pálida. No era una mujer codiciosa. Sin embargo, siempre había vivido rodeada de riqueza. ¿Cómo iba a vivir si se quedaba sin nada? ¿Qué clase de trabajo podía hacer después de haberse pasado toda la vida sin trabajar?

–No me importa –dijo ella, de todos modos.

Dio arqueó las cejas.

–Claro que te importa. No sabrías por dónde empezar a buscarte la vida.

–Eso es asunto mío.

–Ya. Has crecido rodeada de lujo y no estás preparada para enfrentarte al mundo.

Por su mirada, Lucy comprendió que Dio hablaba en serio. Pensaba dejarla sin un céntimo. A él nunca le había importado su bienestar y menos iba a importarle en el presente. Solo había querido la compañía de su padre y la había usado como un útil accesorio, nada más.

Muy a su pesar, por otra parte, Dio tenía razón. No estaba preparada para enfrentarse al mundo sin nada. Tardaría tiempo en encontrar trabajo. ¿Y cómo iba a sobrevivir, mientras?

–Veo que empiezas a entender –observó él y se inclinó hacia adelante, mirándola con intensidad–. Si quieres el divorcio, tienes dos opciones. O te vas sin nada o...

Lucy lo miró con desconfianza.

–¿O qué?

Capítulo 2

DIO esbozó una lenta sonrisa y se relajó en el sillón.

Antes o después, su casta relación iba a tener que cambiar. Él siempre había tomado el control de todo en su vida. ¿Por qué había permitido que ese tiempo de sequía sexual durara tanto?

¿Esperaba que ella se ablandara poco a poco? Sin duda, Lucy no había dado muestras de ablandarse a lo largo de los meses. Al contrario, había logrado lo inimaginable, que su matrimonio fuera una alianza perfecta para los negocios, aunque sin nada de sexo. Lo cierto era que, con su exquisita elegancia y su dulce compostura, ella había sido un complemento inigualable para él y su actitud agresiva de conquistador.

Hacían buena pareja.

Tal vez, esa era la razón por la que Dio no había abordado los problemas que había entre ellos. Era un hombre práctico y, quizá, había preferido no poner en peligro lo positivo que ella le aportaba. Aunque, igual, lo había hecho motivado por la vaga esperanza de que acabara acercándose a él por propia voluntad.

Lo único que no se había esperado era una petición de divorcio.

Tras servirse otra bebida volvió a sentarse, sin prisa por romper el silencio.

–Cuando nos casamos, no se me ocurrió que acabarías durmiendo en otra habitación, dentro de la misma casa que yo. Tengo que confesarte que no es la idea de un matrimonio feliz que yo tenía.

–No creí que buscaras un matrimonio feliz, Dio. No me pareces la clase de hombre que fantasea con volver a casa para abrazar a su mujer y a sus hijos.

–¿Por qué dices eso?

Lucy se encogió de hombros. Aunque Dio nunca le había dado sensación de ser un hombre de familia, eso no le había impedido haberse quedado prendada de sus ojos desde el primer momento.

–Puede que no me haya pasado toda la vida soñando con ir al altar. Pero eso no significa que quiera estar casado con una mujer que no se acuesta conmigo.

Lucy se sonrojó.

–Bueno, ambos estamos decepcionados por lo que tenemos.

–No tiene sentido intentar analizar nuestro matrimonio –señaló él con tono de indiferencia–. Te estaba hablando de las opciones que tienes. Una de ellas es muy buena. ¿Quieres el divorcio? Bien. Puedes ir al abogado mañana mismo y preparar los papeles. Pero insisto en que te irás sin un céntimo.

–El dinero no lo es todo.

–¿Sabes qué? Por experiencia, he visto que la gente que dice eso suele tener dinero. La gente que no tiene nada suele ser más pragmática en sus opiniones –comentó Dio. Él había crecido en la más miserable pobreza y, por eso, conocía el valor del dinero. Podía comprar la libertad para hacer lo que uno quería. Y la libertad era el bien más valioso.

–Lo que quiero decir es que el dinero no siempre da la felicidad –puntualizó ella, pensando en su triste infancia dentro de una familia rica.

–Pero su carencia puede provocar frustración, desesperación, desgracia. Imagina dejar todo esto para irte a vivir a un apartamento de una habitación donde tendrás que luchar contra la humedad y la suciedad de las paredes.

–¿No estás siendo un poco dramático?

–Londres es una ciudad cara. Por supuesto, tendrías algo de dinero a tu disposición, pero no lo suficiente como para encontrar un sitio decente para vivir.

–Entonces, me mudaré de Londres.

–¿A un pueblo? Has vivido en Londres toda tu vida. Estás acostumbrada a ir a la ópera, al teatro, a las exposiciones de arte... Pero no te preocupes. Si quieres divorciarte, tienes otra opción. Deberás darme lo que esperaba recibir cuando me casé.

Lucy tardó unos segundos en comprender a qué se refería. Aunque no podía creerlo.

–¿De qué estás hablando?

–No puedo creer que una licenciada en Matemáticas no sepa sumar dos y dos –repuso él, arqueando las cejas con gesto burlón–. Quiero mi luna de miel, Lucy.

–Yo... no sé... no sé a qué te refieres –farfulló ella, incapaz de apartar la mirada de su sensual rostro.

–¡Claro que lo sabes! No tenía idea de que me esperaba un matrimonio sin sexo cuando te puse la alianza en el dedo. ¿Quieres irte ahora? Bueno, podrás hacerlo en cuanto zanjemos ese asunto pendiente.

–¡Eso es chantaje! –exclamó ella, nerviosa. Antes de casarse, había soñado y fantaseado con la luna de miel. Y, en el presente, su marido se la estaba ofreciendo, pero a cambio de un precio.

–Es la oferta que te hago. Nos acostamos juntos como marido y mujer y, a cambio, te daré el divorcio y me aseguraré de que puedas vivir cómodamente el resto de tu vida.

–¿Por qué quieres eso? ¡Ni siquiera te resulto atractiva!

–Acércate un poco y te demostraré que te equivocas.

Con el corazón acelerado, Lucy mantuvo las distancias, aunque percibió con claridad el fiero deseo en los ojos de él. De pronto, el mismo fuego se despertó también dentro de ella.

Sin embargo, no pensaba acceder a su propuesta. Hacía mucho tiempo, se había jurado a sí misma entregar su cuerpo solo a un hombre que la amara de verdad. Sus padres habían pasado por un matrimonio de conveniencia que no les había traído más que sufrimiento.

Horrorizada, contempló cómo Dio se levantaba y se acercaba a ella.

–Serán solo unas semanas –murmuró él, tocándole la mejilla con la punta del dedo.

En varias ocasiones, durante el último año y medio, Dio la había sorprendido observándolo con cierto interés y se había preguntado si su mujercita no sería tan inmune a su atractivo como aparentaba.

Era una posibilidad que él ansiaba explorar. Sabía que, si la dejaba marchar sin haberla tocado, se convertiría en una espinita clavada, una frustración que no le permitiría olvidarla del todo.

–¿Semanas...?

Hipnotizada por su contacto, Lucy se quedó clavada al sitio. Los pezones se le endurecieron por debajo del sujetador de encaje. Un húmedo calor la invadió entre las piernas, a pesar de que hacía todo lo posible por mostrarse impasible y fingir indiferencia.

–Eso es –respondió él. Unas semanas bastarían para saciarse de ella. Era su mujer y tenía la intención de poseerla por completo antes de darle la libertad.

Después de eso, Dio cerraría para siempre ese capítulo de su vida.

Con una erección que era casi dolorosa, él se acercó un poco más para que ella pudiera notarla en el vientre. De inmediato, Lucy se estremeció como respuesta. Tenía los ojos de par en par, los labios entreabiertos.

Era una invitación que Dio no podía resistir. No había estado tan cerca de su mujer desde que le había puesto la alianza el día de su boda. Y no iba a desaprovechar la oportunidad.

Lucy sabía que iba a besarla. Posó una mano en el pecho de él, en un ridículo intento de apartarlo, aunque no lo empujó. Cuando sus labios se encontraron, ella suspiró, incapaz de resistirse, perdiéndose en aquella poderosa boca masculina y en la explosiva reacción que desencadenaba en su interior.

Como una chispa en gasolina, Lucy entró en combustión de inmediato. Su breve noviazgo había sido muy casto. Nada que ver con la pasión desenfrenada de ese beso.

Dio deslizó una mano bajo la blusa de seda y, cuando empezó a frotarle un pezón por debajo del sujetador, ella creyó que iba a morir de placer.

Justo entonces, Dio se apartó. Lucy tardó unos instantes en comprender horrorizada que acababa de ceder a la tentación. Avergonzada, se sintió como si una ducha helada acabara de apagar su excitación.

–¿Qué diablos crees que estás haciendo?

Él sonrió.

–Demostrarte que podemos pasar un par de semanas de placer carnal –replicó él con satisfacción, fijándose en el rostro sonrojado de su mujer y en cómo se cruzaba de brazos, como si así pudiera ocultar la sensual respuesta de sus pechos a sus caricias.

–¡No tengo intención de... acostarme contigo por dinero!

–¿Por qué no? Te casaste por dinero. Al menos, si nos acostamos, tendremos algo de diversión.

–¡No me casé por dinero!

–No tengo ganas de hablar de esto de nuevo. Ya te he dicho cuáles son tus opciones. Puedes elegir por ti misma –señaló él, se dio media vuelta y se dirigió a la puerta.

–¡Dio!

Él se quedó quieto y, tras unos instantes, se giró hacia ella.

–¿Por qué?

–¿Por qué qué?

–¿Por qué es tan importante para ti acostarte conmigo o no? Seguro que has conocido a muchas mujeres deseosas de acostarse contigo. ¿Qué más te da lo que yo haga?

Dio no respondió de inmediato. Sabía que ella pensaba que pasaba su tiempo libre rodeado de mujeres. Pero nunca había sentido la necesidad de sacarla de su error.

No solo no se había acostado con ninguna mujer desde que se había casado, sino que no había sentido la tentación. Como cualquier ser humano, ansiaba tener lo que estaba fuera de su alcance. Y su esposa había estado fuera de alcance durante los últimos dieciocho meses.

–No puedo –susurró ella–. Me conformaré con irme con un pequeño préstamo... hasta que pueda mantenerme por mí misma.

–¿Mantenerte cómo?

–Yo... tengo un par de ideas...

Dio afiló la mirada mientras ella bajaba la vista. De nuevo, se preguntó cuál era el secreto que su mujer escondía. ¿Qué había estado haciendo Lucy a sus espaldas?

–¿Qué ideas?

–Ah, nada –repuso ella, evasiva–. Es solo que... creo que ambos seremos más felices si nos divorciamos y, si pudieras prestarme algo de dinero...

–Lucy, vas a necesitar mucho dinero para empezar de cero en Londres.

–Y tú no estás dispuesto a prestármelo, a menos que te dé mi palabra de que te lo devolveré.

–A menos que planees tener un buen puesto en el mundo corporativo o te respalde alguien muy rico –la corrigió él con tono seco–. Si no, sé que no podrás devolverme ningún préstamo que te haga. Al menos, no antes de que se me caigan todos los dientes.

–¿Qué pensaría la gente si tu esposa fuera sorprendida mendigando, pidiendo migajas a desconocidos?

–Ahora eres tú quien está siendo dramática, ¿no te parece?

Durante los últimos dieciocho meses, Dio había podido intuir una aguda inteligencia bajo su callada timidez. También, sabía que ella no le tenía miedo.

–Por supuesto, te dejaré marchar con algo más que la ropa que llevas puesta –admitió él–. Sin embargo, te será todo un reto labrarte un estilo de vida que consideres cómodo. A menos, claro, que tengas un rico benefactor a tu lado. ¿Es así?

Aunque sabía que era signo de debilidad, Dio no pudo resistirse a hacerle la pregunta.

–Nunca me han interesado los hombres ricos –respondió ella, encogiéndose de hombros–. Además, después de haberme casado contigo, me he reafirmado en ello.

–¿Y eso por qué? –quiso saber Dio, aunque el comentario que acababa de escuchar le parecía el más hipócrita del mundo.

–Como bien sabes, nadie da nada gratis. Sé que tú dices que el dinero es lo más importante, pero...

–No recuerdo haber dicho eso.

–Lo dijiste, más o menos. Ya sé que crees que no podría vivir más de unos días sin nadar en la abundancia, pero...

–Pero estás deseando demostrarme que me equivoco –la interrumpió él y posó los ojos en sus carnosos labios. Algo en ella siempre lo había vuelto loco de excitación. Nunca había dejado de desearla, desde el primer momento.

Lucy había sido la razón por la que había cambiado sus planes de comprar y hacer pedazos la compañía de Robert Bishop. Se había dejado seducir por su dulce encanto y eso había condicionado su forma de proceder con el plan de venganza original.

De una vez por todas, estaba decidido a satisfacer su deseo. Especialmente, cuando ella había demostrado corresponderlo.

—Solo intentaba decirte que no tengo a ningún ricachón bajo la manga —explicó ella. ¿Acaso imaginaba Dio que andaba con unos y con otros igual que él?—. Nunca volveré a salir con un hombre rico y poderoso.

—Qué virtuosa. ¿Es por eso de que nadie da nada gratis? ¿De verdad crees que si te vas con un muerto de hambre vas a ser feliz como en los cuentos de hadas? Si es así, mejor que te bajes de las nubes —le espetó él—. No sé tú, pero yo tengo hambre —añadió, abandonando su propósito de ponerse a trabajar. No iba a poder concentrarse de todas maneras—. Si vamos a seguir hablando, tengo que comer.

—Estabas a punto de irte a tu despacho —le recordó ella.

—Eso era antes de que me pudiera la curiosidad por tu cambio radical de actitud ante la vida.

Dio se dirigió a la cocina, seguido por Lucy.

Era extraño tener con él una conversación normal. Era raro no tener montones de personas alrededor, reclamando su atención. Ni clientes importantes a la espera de ser entretenidos.

También era muy poco habitual entrar con él en la cocina, se dijo Lucy. En muchas ocasiones, había cenado allí sola, cuando él había estado fuera del país. Pero casi podía jurar que nunca había visto a su marido poner un pie en esa parte de la casa.

—De acuerdo. ¿Qué sugieres? —preguntó él, tras quedarse unos momentos mirando a su alrededor en la enorme cocina, totalmente perdido.

—¿Qué sugiero sobre qué?

—Sobre qué puedo comer.

—¿Qué pensabas comer si no me hubieras encontrado aquí? —preguntó ella, molesta, y se sentó en una silla frente a la mesa de la cocina. Bajo la intensa mirada de él, sentía que le ardían los labios por el beso que acababan de compartir.

–Tengo dos chefs a mi disposición las veinticuatro horas del día –explicó él y sonrió al ver cómo su mujer se quedaba boquiabierta–. Suelen ocuparse de resolver ese problema. Aunque, por lo general, cuando estoy solo, como fuera. Es más fácil.

–Vamos, pide lo que quieras a tus chefs –dijo Lucy–. No te preocupes por mí. Yo...

–¿Ya has comido?

–No tengo hambre.

–No te creo. No me digas que te incomoda ponerte a cocinar conmigo. Somos una pareja casada, después de todo.

–No me siento incómoda –mintió ella–. ¡Ni lo más mínimo!

–Entonces, ¿qué sugerencias tienes?

–¿Sabes acaso dónde están las cosas en la cocina? –preguntó ella con impaciencia.

Dio meneó la cabeza tras un instante.

–Admito que los contenidos de los armarios son un misterio para mí, aunque sé que hay un excelente vino blanco en el frigorífico...

–¿Me estás pidiendo que cocine para ti?

–Si te ofreces, ¿cómo voy a negarme? –replicó él, tomó una silla y se sentó–. Si no ofende tu instinto feminista cocinar para mí, claro. De lo contrario, puedo buscar un par de cosas y poner a prueba mi talento culinario.

–No tienes talento culinario –señaló ella, recordando una de las conversaciones que habían tenido cuando habían sido novios.

–Tienes razón.

No era así como Lucy se había imaginado el encuentro. Había previsto que Dio respondería conmocionado, primero, y furioso, después, pues, aunque él también quería deshacerse de ella, seguro que hería su orgullo masculino el que se le hubiera adelantado con su propuesta de divorcio. Luego, había imaginado que su marido le daría el nombre de un abogado para ocuparse del tema y que cada uno se iría a su cuarto a dormir.

En vez de eso, estaba atrapada con él en la cocina.

Lucy sabía cocinar y sabía dónde estaba cada ingrediente y utensilio. Incluso hubiera disfrutado de preparar pasta con verdura si no hubiera sido porque Dio había seguido cada uno de sus movimientos con la mirada.

–¿Necesitas ayuda?

–¿Qué sabes hacer? –preguntó ella, volviéndose hacia él con el ceño fruncido.

–Creo que se me puede dar bien cortar cosas –comentó él, se levantó y se acercó a ella, junto a la encimera.

A Lucy le subió la temperatura ante su proximidad. Se sentía como una tonta, pero, desde que Dio había mencionado el sexo, no podía dejar de pensar en eso. Se había pasado los últimos meses convenciéndose de que lo odiaba. De esa manera, era más fácil ignorar el ligero estremecimiento que sentía a su lado.

Ella había creído que su marido nunca la había deseado, que solamente la había usado como un instrumento.

Sin embargo...

La deseaba. Lucy lo había notado en su beso, en su dura erección apretada contra ella. Solo de pensarlo, se le incendiaba el cuerpo.

Tratando de olvidarse del tema, le tendió a Dio un par de tomates y una cebolla y le indicó dónde estaban los cuchillos y las tablas de cortar.

–La mayoría de las mujeres serían felices con el estilo de vida que tú llevas –murmuró él, mientras empezaba a atacar los tomates.

–Quieres decir yendo de una mansión a otra, asegurándose de que todo está en su sitio para que ninguno de tus importantes clientes encuentre una mota de polvo.

–¿Desde cuándo eres tan sarcástica?

–No soy sarcástica.

–No pares. Me gusta.

–Me has dicho que la mayoría de las mujeres envidiarían lo que yo tengo y te he contestado que no es así.

–Te sorprendería saber lo que las mujeres aguantan a cambio de un buen precio.

–No soy de esa clase –le espetó Lucy y se apartó un poco, pues necesitaba poner algo de espacio entre ambos. Sin mirarlo, se ocupó en poner los ingredientes en la sartén.

Dio sabía muy bien qué clase de mujer era. Había conspirado con su padre para tenerlo donde habían querido, casado con ella y, así, en el papel de proteger a su suegro de incómodos procesos legales.

Sin embargo, si ella quería insinuar que albergaba un ápice de integridad, él estaba dispuesto a seguirle el juego. Lo cierto era que, contra todo pronóstico, se estaba divirtiendo.

Sobre todo, quería acostarse con su mujer. Deseaba quitarse esa espinita para, luego, deshacerse de ella por fin.

—Otra vez vuelves a insistir en que el dinero no lo es todo —murmuró él y sonrió—. Huele bien. ¿Qué estás haciendo?

—Me gusta cocinar cuando estoy sola.

—¿Cocinas a pesar de que podrías encargar que te trajeran cualquier antojo? —preguntó él, atónito.

Cuando Lucy rio, algo se removió dentro de Dio. Su risa suave y contagiosa siempre lo había seducido cuando habían salido juntos.

—Entonces... —comenzó a decir él, una vez que estuvieron sentados a la mesa ante dos platos de pasta—. ¿Brindamos por este encuentro milagroso? No creo que nos hayamos sentado a cenar juntos en la cocina desde que nos casamos.

Lucy le dio un trago a su copa de vino, nerviosa. La situación se le estaba escapando de las manos. ¿Con cuántas mujeres había cenado él mientras habían estado casados? No era posible que Dio hubiera mantenido el celibato durante tanto tiempo.

Ella nunca le había preguntado qué hacía en esos viajes en el extranjero. Aunque la curiosidad la carcomía, nunca había querido dar rienda suelta a sus sentimientos de rabia, soledad y frustración.

—Eso es porque el nuestro no es un matrimonio real —contestó ella—. ¿Por qué íbamos a sentarnos a cenar juntos y a solas?

Dio apretó los labios.

—Claro. Eso lo sabes muy bien, ya que accediste a casarte conmigo decidida a no formar parte de un matrimonio real.

–No creo que nos lleve a ninguna parte volver sobre el pasado. Pienso que deberíamos mirar hacia delante.

–Hacia el divorcio.

–No voy a acostarme contigo por dinero, Dio –repitió ella. Por un instante fugaz, imágenes de los dos en la cama asaltaron sus fantasías, excitándola. Pero no estaba dispuesta a hacer el amor cuando no había amor.

–Así que eliges la pobreza –observó él, apartó su plato vacío y se recostó en la silla.

–Puedo arreglármelas. Yo...

–¿Qué? –le interrumpió él, percibiendo su titubeo.

–Tengo planes –continuó ella con tono evasivo. Planes que no pensaba compartir con él.

–¿Qué planes?

–Nada importante. Tengo que pensar en la dirección que va a tomar mi vida –repuso ella, se levantó y comenzó a recoger la mesa, sin mirarlo.

Dio la observó mientras ella se ocupaba en limpiar y ordenar, obviamente con afán de dar por terminada la conversación.

Si Lucy quería dejarlo y tenía planes, eso solo podía significar que había otro hombre. Quizá no fuera rico, pero había un hombre esperando acostarse con ella, si no lo había hecho ya.

Su falso matrimonio iba a ser sustituido por una relación real que, tal vez, Lucy llevaba cultivando durante meses. Incluso era posible que desde antes de conocerlo, pensó, enfureciéndose por momentos. Quizá ella siempre había estado enamorada de otro, pero lo había dejado de lado temporalmente para casarse con él por el bien de su padre.

Estaba claro que esos planes con los que contaba Lucy eran lo bastante importantes para ella como para arriesgarse a marchar con las manos vacías.

Lo primero que debía hacer era descubrir cuáles eran esos planes, se dijo Dio.

Era sencillo.

La seguiría él mismo o contrataría a alguien para que lo hiciera. En realidad, prefería la primera opción. ¿Por qué dejar que otra persona hiciera algo que podía hacer solo?

—Voy a estar en Nueva York durante unos días —señaló él con tono abrupto. Se levantó y se dirigió a la puerta de la cocina—. Mientras sigas llevando la alianza en el dedo, puedo pedirte que me acompañes, pues debo asistir a algunos eventos de alto nivel. Sin embargo, teniendo en cuenta la situación, te alegrará saber que no voy a pedírtelo.

—¿Nueva York? —dijo ella, confundida—. No estaba en la agenda hasta el mes próximo...

—Cambio de planes —repuso él, encogiéndose de hombros. La observó un momento, mientras decidía lo que iba a hacer al día siguiente y cómo—. Puedes quedarte aquí y pensar en la propuesta que te he hecho.

—Ya lo he pensado. No necesito darle más vueltas.

Estaba muy equivocada, pensó él.

—Entonces, puedes quedarte aquí y pasar el tiempo considerando las consecuencias...

Capítulo 3

LUCY no pudo pegar ojo.

¿A qué se había referido Dio cuando le había hablado de considerar las consecuencias? La forma fría y despreciativa con la que se lo había dicho le había puesto la piel de gallina.

Su farsa de matrimonio había sido muy útil para él. Ella lo sabía. Su padre le había explicado que Dio había buscado alguien elegante a su lado, como acompañante en las reuniones sociales. También la había amenazado diciéndole que, si no cumplía su papel, Dio podía enfadarse y enviarlo a la cárcel.

Esa había sido la razón por la que Lucy había hecho todo lo posible para encajar en el papel de perfecta esposa ante el público.

Al día siguiente de su boda, Dio había salido de viaje al otro lado del mundo y le había dejado instrucciones para que renovara su vestuario con ayuda de un asistente personal especializado en moda selecta.

Como una marioneta, se había dejado manipular en la peluquería y en el salón de belleza, hasta convertirse en anfitriona ideal de eventos de clase alta.

Dio nunca había comentado nada sobre su negativa a acostarse con él. Se había comportado con una actitud desapegada y distante, que solo confirmaba su teoría.

Dio la había utilizado.

Y Lucy le había dado lo que había comprado, una mujer elegante y con clase para acompañarlo como un florero en los círculos de la alta sociedad. Era un entorno donde se movía como pez en el agua.

Sin embargo, lo más probable era que el tipo de mujer que le gustaba a Dio fuera por completo distinto. Debía de sentirse atraído por exuberantes morenas con talento para maldecir y para beber. Pero por completo fuera de lugar en un evento social. Por eso, la había elegido como un apéndice muy conveniente.

Y, después de todo ese tiempo, con el divorcio sobre la mesa, quería acostarse con ella. Sin duda, la razón era que la consideraba su posesión, alguien que había comprado junto con la compañía de su padre.

¡Hasta le había puesto límites al tiempo que duraría su relación carnal!, se dijo, ofendida.

¡Había previsto que estaría aburrido de ella en un par de semanas!

Sonrojada de vergüenza, Lucy se removió en la cama, mientras los primeros rayos de sol bañaban la habitación. Lo poco que había podido dormir había estado lleno de sueños eróticos, de imágenes de los dos desnudos en la cama.

Cuando se levantó, se encontró sola en casa. Dio se había ido a Nueva York.

Mientras se vestía, se dijo que debería estar más animada de lo que estaba, ante la perspectiva de disfrutar del día con libertad.

Le irritaba saber que, gracias a Dio, sus planes se

verían empañados con imágenes de su rostro moreno y arrogante.

Tras hacer un par de llamadas, salió a la calle.

En medio de la reunión, Dio fue notificado de que su mujer había salido de casa.

Su chófer personal, leal y fiel como pocos, había quedado a cargo de informarle.

—Cuando llegue a alguna parte, llámame. No me interesa que salga de casa, me interesa saber dónde va.

Tras abandonar la reunión, Dio se dirigió a su despacho, donde se paró inquieto ante las grandes ventanas con vistas a la ciudad.

Durante toda la noche, no había podido parar de pensar en lo que Lucy le había dicho. Quería dejarlo.

Era la única mujer que no se había rendido a sus pies. Nunca en su vida había imaginado que acabaría casado con una fémina que no quisiera acostarse con él. Su orgullo herido le había impedido investigar la razón y había paralizado durante demasiado tiempo su instinto natural de seducción.

Pero era hora de cambiar las tornas, se dijo con una sonrisa. E iba a disfrutarlo. Iba a gozar de ver cómo ella le suplicaba que la poseyera.

Aunque, si descubría que había otro hombre, que había estado viendo a alguien tras sus espaldas...

Apretando los dientes, Dio se metió las manos en los bolsillos, tratando de contener la furia que le provocaba pensar en su posible infidelidad.

Cuando se había embarcado en comprar la compañía de Robert Bishop, no era eso lo que había esperado.

Había esperado acabar con el miserable Bishop de

forma rápida y limpia, y dejarlo en el fango, que era donde se merecía estar.

Había sido una venganza largamente planeada. Desde pequeño, había visto a su padre hundirse en la depresión, dejándose la piel en un empleo mal pagado, mientras su madre había trabajado limpiando casas.

Cuando su padre había muerto, presa del cáncer, su madre le había confesado la parte más amarga de la historia. Su padre, un inmigrante pobre con una mente brillante, había conocido a Robert Bishop cuando habían estado en la universidad. Bishop había derrochado el dinero en fiestas, sin ningún interés en estudiar, a pesar de que su fortuna familiar estaba de capa caída y sabía que debía hacer algo si quería seguir manteniendo ese ritmo de vida hasta la vejez.

Conocer a Mario Ruiz había sido un golpe de suerte para Bishop. El genio de origen hispano inventaría tiempo después un dispositivo, pequeño pero significativo, que lanzaría a lo más alto la compañía tecnológica de Bishop.

¿En cuanto al inventor?

A Dio le hervía la sangre en las venas cada vez que recordaba cómo habían estafado a su padre.

Mario Ruiz había firmado un contrato que lo había condenado a la nada. Le habían quitado la propiedad de su invento y, cuando había protestado, se había visto a merced de un hombre que había hecho todo lo posible por deshacerse de él.

No había visto ni un céntimo de las ganancias que le habían correspondido.

A Dio le había costado creer la historia, pero había comprobado su autenticidad cuando había encontrado el documento firmado, poco después de la muerte de su madre, apenas unos meses tras el entierro de su padre.

Entonces, acabar con Robert Bishop se había convertido en su motivación durante años... Aunque la
venganza total y cruel había sido suavizada por los
seductores encantos de Lucy Bishop. Al conocerla, se
había ablandado. Había hecho concesiones. Hasta que
descubrió que había sido timado. Había logrado la
compañía de Bishop, pero no había hundido a Bishop.
Se había llevado a la chica, pero no del modo que
había imaginado.

Otra llamada de teléfono le sacó de sus pensamientos. Cuando su chófer le informó de dónde estaba su
mujer, frunció el ceño, confuso.

Sin esperar, salió de su despacho. Cuando avisó de
que no estaría disponible durante las dos próximas horas, su secretaria esbozó expresión de sorpresa. Para los
asuntos de trabajo, él siempre estaba disponible.

—Inventa las excusas que quieras para las reuniones
que tengas que cancelar —ordenó Dio.

Minutos después, estaba siguiendo las instrucciones del navegador de su coche para llegar a un lugar
perdido en el este de Londres. Al parecer, su esposa
había llegado hasta allí tomando varias líneas de metro y autobús.

Dio no podía ni imaginar qué habría dicho Robert
Bishop si hubiera visto a su hija usando el transporte
público. Tal vez, tenía que ver con el súbito desinterés de
Lucy por los lujos que el dinero podía comprar, se dijo.

Tras ir parando en una hilera interminable de se-
máforos, Dio consiguió llegar a su destino. Era un
viejo edificio rodeado de tiendas en un barrio de muy
dudosa reputación. Había un local de apuestas, un
local de comida india para llevar, una lavandería. Al
ver la puerta azul con el número que le había sido in-

dicado, se preguntó si su chófer se habría equivocado con la dirección.

Despacio, Dio salió del coche y se quedó mirando la casa. La pintura de la puerta estaba descascarillada. Las ventanas estaban todas cerradas, a pesar de que el día era cálido y soleado.

Por primera vez, le costaba sacar conclusiones de lo que veían sus ojos.

Apretó el botón del timbre y escuchó unas pisadas que acercaban. La puerta se abrió con un crujido. Todavía tenía la cadena puesta.

–¡Dio! –exclamó Lucy y parpadeó, preguntándose si sería una alucinación.

Detrás de ella, Mark la llamó con su cantarín acento escocés.

–¿Quién es, Lucy?

–¡Nadie! –gritó ella, sin pensarlo. De inmediato, sin embargo, por la mirada de Dio, supo que había metido la pata.

–¿Nadie? –preguntó Dio con voz letalmente suave. Apoyó la mano con firmeza en la puerta, por si acaso a ella se le ocurría la loca idea de cerrársela en las narices.

–¿Qué estás haciendo aquí? Dijiste que te ibas a Nueva York.

–¿Quién es ese hombre, Lucy?

–¿Me has seguido?

–Responde a mi pregunta. Si no lo haces, echaré la puerta abajo y lo descubriré yo mismo.

–¡No deberías estar aquí! Yo... Yo...

Mark estaba detrás de ella, intentando ver por la abertura de la puerta quién estaba allí. Con un suspiro de resignación, Lucy quitó la cadena.

Dando muestras de una envidiable capacidad de autocontrol, Dio entró en el pasillo de la casa que, en contraste con el exterior, estaba pintado de brillantes tonos de amarillo. Apretó los puños, clavando los ojos en el hombre que había junto a Lucy.

–¿Quién diablos eres tú y qué estás haciendo con mi mujer?

El hombre en cuestión era más bajo que él y de complexión delgada. Dio estaba seguro de que podría tumbarlo con un solo dedo. Y eso era lo que quería hacer.

–Lucy, ¿os dejo solos para que habléis?

–Dio, este es Mark –presentó ella. Entonces, al reconocer la mirada amenazante de su marido, decidió que lo mejor era que Mark se evaporara. Era una pena que ella no pudiera evaporarse también. Aunque, tal vez, era hora de que le contara a Dio lo que sucedía.

–Te estrecharía la mano, pero igual me da la tentación de arrancártela, así que es mejor que te largues. Y no vuelvas hasta que te de permiso –le espetó Dio.

–Dio, por favor... –rogó ella, poniéndose entre los dos hombres–. Te estás equivocando del todo.

–Podría hacerle pedazos sin despeinarme siquiera –murmuró Dio.

–¿Y te sentirías orgulloso de eso?

–Tal vez, orgulloso, no. Pero muy satisfecho. Así que... –le dijo Dio a Mark con mirada asesina–. ¡Ya puedes largarte o sal de tu escondite detrás de mi mujer y ven a ver lo que es bueno!

Lucy posó una mano en el brazo de su marido para contenerlo. Luego, se giró hacia Mark y le dijo con suavidad que lo llamaría lo antes posible.

Dio se contuvo para no zanjar la situación de la forma más primitiva que existía. ¿Qué conseguiría con ello?

Sin embargo, no podía dejar de imaginarse a aquel tipo de pelo rubio acostándose con su esposa. Estaba tan acalorado que, hasta que la puerta principal no se cerró tras él, no fue capaz de darse cuenta de algo llamativo. Lucy no llevaba ninguna joya, ni el reloj que le había regalado en su cumpleaños, ni ropa de diseño...

Se quedó contemplándola, atónito. Ella llevaba el pelo recogido en una cola de caballo y estaba vestida con una camiseta blanca, vaqueros y zapatillas de deporte. Parecía muy joven y estaba tan sexy que él experimentó una erección al instante.

Con el corazón acelerado, Lucy percibió el cambio de la atmósfera entre ambos, aunque no comprendía a qué se debía. Seguía habiendo tensión, pero de otra naturaleza.

—¿Vas a escuchar lo que tengo que decirte? —preguntó ella y se cruzó de brazos para ocultar cómo se le habían endurecido los traidores pezones.

—¿Me vas a contar un cuento de hadas?

—Nunca te he mentido y no voy a empezar ahora.

—Mejor haré como si no hubieras dicho nada. ¿Tienes una aventura con ese hombre?

—¡No!

Dio avanzó un par de pasos hacia ella, furioso, asqueado... y excitado.

—¡Eres mi mujer!

Lucy apartó la mirada. Le costaba respirar. Horrorizada, reconoció para sus adentros que, a pesar de la fría amenaza que brillaba en los ojos de Dio, estaba muy excitada. Era como si el deseo largo tiempo dormido se hubiera despertado dentro de ella y no hubiera manera de volver a calmar a la bestia.

—Y no me vengas con eso de que eres mi mujer solo

en apariencia, porque no cuela. ¡Eres mi esposa y es mejor que no hayas estado poniéndome los cuernos!

–¿Qué más te daría? –le espetó ella con rebeldía–. ¡Tú has hecho eso mismo conmigo!

–¿Cómo crees que podría haberte sido infiel? –rugió él. No le importaba ya que ella supiera la verdad.

El silencio se cernió sobre ellos. Lucy estaba perpleja. ¿De veras él no se había acostado con otras mujeres desde que se habían casado? Un inmenso alivio la invadió de pronto. En parte, una de las razones de peso para divorciarse de él había sido la seguridad de que había estado tonteando a sus espaldas, teniendo con otras el sexo que ella le había negado.

Durante unos instantes, ella quiso indagar un poco más, cerciorarse de que él decía la verdad. Y, sobre todo, ansió preguntarle por qué.

–Habla –ordenó él, penetrándola con la mirada–. ¿Quién es ese hombre?

–Si dejas de gritar, te lo contaré todo –repuso ella con cierta desconfianza. Dio acababa de descubrir el secreto que había estado ocultándole durante dos meses.

–Estoy esperando. Y es mejor que me digas algo que quiera oír.

–Si no, ¿qué?

–No quieres saberlo.

–Anda, deja de comportarte como un hombre de las cavernas y sígueme...

–¿Hombre de las cavernas? ¡Todavía no has visto lo mejor!

Se quedaron mirándose en silencio. Maldición, Lucy estaba muy sexy. Dio debería haber obedecido su instinto primitivo y haberla poseído desde la primera noche. Debería haberla hecho seguir por un guardaespaldas. Si lo hubiera hecho, no estaría allí en ese momento, como un idiota al borde de un precipicio.

–Ven conmigo –dijo ella y se dirigió a una habitación en la parte trasera de la casa–. ¡Mira! –exclamó y se hizo a un lado para dejarle vez.

Confuso, Dio miró a su alrededor. Había pequeñas mesas, estanterías bajas llenas de libros, una pizarra y paredes cubiertas con pósters.

–No lo entiendo –dijo él al fin.

–¡Es un aula! –exclamó ella, furiosa porque Dio fuera incapaz de ver más allá de sus narices y de su fijación por hacer dinero.

–¿Por qué te ves con otro hombre en un aula?

–¡No me veo con otro hombre en un aula!

–¿Quieres decir que el perdedor que vi ahí fuera fue producto de mi imaginación?

–Claro que no, Dio. De acuerdo, tal vez me he encontrado con Mark aquí durante los dos últimos meses...

–¿Llevas meses con él?

–Vamos, siéntate, por favor.

–Estoy deseando saber lo que ha estado haciendo mi mujer mientras yo trabajaba en el extranjero –repuso él y se sentó.

–¿Lo tenías planeado? –quiso saber ella–. Cuando me dijiste que te ibas a Nueva York, ¿me mentiste con intención de seguirme?

–No he tenido más remedio –señaló él, sin molestarse en negarlo–. Aunque, si quieres que te sea sincero, yo no te seguí. Fue mi chófer, Jackson. Cuando me informó de dónde estabas, vine a descubrir qué estaba pasando.

–¡Es como si me hubieras seguido tú mismo!

–Es mejor, porque de la otra forma, tal vez, me habrías reconocido.

–¿Pero por qué? ¿Por qué ahora?

–¿Por qué creer, Lucy?

–Nunca te has preocupado de lo que hacía en tu ausencia.

–Nunca esperé que mi mujer me engañara con otro hombre. No creí que debiera tenerte vigilada.

–No tienes por qué vigilarme –negó ella y se sonrojó, al darse cuenta de la confianza que Dio había puesto en ella. Muchas esposas de hombre ricos se pasaban las veinticuatro horas del día con guardaespaldas que seguían todos sus movimientos.

En ese momento, le supo mal que pudiera pensar que se había equivocado al confiar en ella.

Lo odiaba, se dijo Lucy. Pero no era la clase de mujer que tenía aventuras a espaldas de su marido.

De pronto, tuvo la urgencia de aclararle ese punto antes que nada.

–Nunca te habría engañado, Dio –aseguró ella–. Y no lo he hecho. Mark y yo somos compañeros de trabajo.

–¿Cómo has dicho?

–Sigo un blog local donde se ponen toda clase de anuncios. Venta de muebles usados, cuartos en alquiler, clubs de lectura. Mark puso un anuncio porque buscaba a alguien que pudiera dar clases de Matemáticas a un grupo de niños sin recursos del barrio. Yo respondí a su oferta.

Dio se quedó mirándola, atónito.

–Recuerdo que una vez te conté que me gustaría dedicarme a la enseñanza.

–Y yo quería ser bombero a los ocho años. Fue una fase pasajera.

–¡No es lo mismo!

–Es raro que quieras ser maestra, pero más lo es que te hayas casado conmigo y ahora te dediques a enseñar a niños a mis espaldas.

–¡No tuve elección!

–Todos podemos elegir.

–Cuando se trata de la familia... las opciones son limitadas.

Dio comprendió a qué se refería. Lucy no había estado dispuesta a dejar que su papaíto pagara por su estupidez y su avaricia. Había preferido sacrificar sus propios sueños y ambiciones. Además, de premio, había logrado un lujoso estilo de vida...

–Ahora que puedes elegir lo que quieras, has decidido hacer realidad el sueño de tu corazón...

–No tienes por qué hablarme con ese tono tan cínico, Dio. ¿Tú no has tenido sueños?

–Ahora mismo, mi imaginación solo piensa en hacer realidad la noche de bodas que te negaste a darme –le espetó él. Ya se había dejado engañar una vez por su aspecto de cándida inocencia. Si ella creía que iba a tragarse ese cuento de la rica heredera cuyo sueño era ayudar a los niños necesitados, estaba muy equivocada.

–No te interesa saber más sobre este lugar, ¿verdad? –adivinó ella con tono decepcionado–. Cuando te dije que quería el divorcio, ni siquiera te molestaste en preguntarme por qué.

–¿Quieres que te lo pregunte ahora? –replicó él, arqueando las cejas y dedicándole una inconfundible mirada de desprecio.

Lucy contuvo el aliento. Dio podía ser verdaderamente insoportable cuando se lo proponía. Pensaba lo peor de ella y daba igual lo que le explicara. No le haría cambiar de opinión.

No importaba que se hubiera casado con ella por las razones equivocadas. ¡Dio siempre dictaba sus propias reglas sobre los demás!

–¿Crees que con esto vas a lograr pagar tu tren de vida? –le increpó él, señalando a su alrededor.

–No va a pagar nada en absoluto. Es un trabajo voluntario.

–Ah... ¿Y qué relación tienes con el tipejo al que casi le rompo la cara?

–No es un tipejo.

–No es la respuesta que quería.

–¿Cómo puedes ser tan arrogante?

–Quiero saber si mi mujer está colada por un hombre que conoció en Internet. ¿Tan raro te resulta?

Aunque su voz sonaba contenida y fría, Lucy percibió una honda tensión subyacente. Estremeciéndose, se preguntó qué pasaría si el primitivo instinto de posesividad de su marido tuviera que ver con los celos.

Por un momento, se preguntó cómo sería ver celoso a aquel hombre arrogante, carismático e increíblemente atractivo. Meneando la cabeza, se dijo que no era un pensamiento que la llevara a ninguna parte.

–No estoy colada por Mark –aseguró ella con tranquilidad–. Aunque es el tipo de hombre que podría gustarme.

–¿Qué quieres decir?

–Quiero decir que es una persona muy agradable. Es amable, es considerado, es atento y los niños lo adoran.

–Suena divertido.

–Puede serlo –repuso ella, cortante–. Es muy divertido, la verdad. Me hace reír –añadió.

–¿Y yo no?

–No hemos reído juntos desde...

De pronto, Dio se levantó y empezó a dar vueltas por la sala que era, estaba claro, un aula. Miró uno de los cuadernos de ejercicios sobre un escritorio y reconoció la letra de su mujer. Había correcciones, marcas de admiración, ¡hasta caritas sonrientes para animar al alumno!

–Así que no estás colada por el maestro. ¿Y él por ti?

Durante un momento, Lucy pensó en decirle que el maestro en cuestión estaba loco por ella. Por un instante fugaz, deseó comprobar si podía ponerle celoso.

–A Mark no le interesan las mujeres. Y está muy feliz con su pareja, que trabaja para un despacho de abogados en Kent. Solo somos buenos amigos.

Invadido por una oleada de la más pura satisfacción, Dio se relajó por primera vez en toda la mañana. No era posible que su mujer lo hubiera estado engañando. Igual que tampoco era posible que la dejara marchar sin probar primero ese cuerpo que había estado tentándolo desde el primer día que había puesto los ojos en ella.

Lo supiera ella o no, era la única debilidad de Dio. Y estaba decidido a poner fin a su periodo de abstinencia. Lucy era suya y la deseaba más que nunca. Sobre todo, cuando jamás la había visto tan sexy como en ese momento, sin maquillaje, sin joyas y sin ropas sofisticadas. Aunque Mark fuera homosexual, todavía le molestaba que hubiera podido disfrutar de ver a su mujer radiante de belleza natural, con ese aspecto tan inocente, desnudo de todo artificio y, al mismo tiempo, tan sensual.

Por otra parte, escucharla hablar con anhelo de un hombre amable y considerado le ponía de los nervios.

Durante unos segundos, se quedó mirándola en silencio, hasta que ella se sonrojó. Cuando Lucy apartó la vista, él admiró despacio cómo le quedaban los vaqueros y cómo la camiseta dejaba adivinar unos pechos turgentes y apetitosos.

–Bueno... al menos, mi chica no ha estado acostándose con otro.

–¿Desde cuándo soy tu chica?

–Me gustas así.

–¿Cómo?

–Sin artificios. Natural. Es sexy.

Lucy se sonrojó todavía más. Se le humedeció la entrepierna bajo la intensa mirada de su marido.

–Te he dicho que no me interesa... –murmuró ella, aunque no pudo ocultar cierto titubeo en su voz–. Voy a rehacer mi vida, Dio. Quiero una vida sin falsedades, sin necesidad de hablar con gente que no me interesa, sin necesidad de disfrazarme.

–Encomiable –repuso él con una sensual sonrisa–. ¿Así que planeas continuar con tu trabajo voluntario aquí?

–¡Ya te he dicho que no todo se traduce en dinero!

–Pero no tienes titulación de profesora, ¿o sí?

–Me sacaré el título en cuanto pueda. Y el trabajo que hago aquí me servirá de excelente experiencia.

–Este sitio se cae a trozos –señaló él–. Igual quieres invertir tu talento aquí pero la verdad es que dudo que este edificio pueda mantenerse en pie durante todo el curso. Igual no te has dado cuenta, pero tiene mucha humedad. Apostaría a que las tuberías son más viejas que mi abuela.

–Mark está esforzándose mucho en recaudar fondos.

–¿Ah, sí?

Lucy se quedó en silencio. Adivinando lo que ella callaba, Dio asintió despacio.

En tiempos de crisis, siempre era difícil conseguir personas que quisieran regalar su dinero. Y, si aquella aventura estaba destinada a los necesitados, era obvio que los padres de los niños no tendrían capital que poner.

–No sabía que estuvieras tan comprometida en ayudar a la comunidad –murmuró él, pensativo–. Estoy dispuesto a echar una mano.

–¿De qué estás hablando? –preguntó Lucy. Ella no llevaba mucho tiempo en el proyecto, pero sabía que Mark se había entregado en cuerpo y alma a sacarlo adelante. Si el lugar no estaba a la altura, los niños serían los primeros perjudicados.

–Quieres divorciarte e irte sin nada, con tal de no acostarte conmigo –indicó él, sin molestarse en dar rodeos. Tampoco se detuvo en comentar que el beso que habían compartido demostraba que ella no era inmune a su atractivo–. No puedo evitar eso. ¿Pero quieres que este edificio sea reparado y transformado en un colegio de alta tecnología? ¿Qué te parecería? –preguntó e hizo una pausa para mirarla a los ojos con gesto frío y calmado–. Te deseo y no voy a ahorrarme ningún truco para conseguir lo que quiero...

Capítulo 4

LUCY estaba anonadada.

–¿Qué estás diciendo? ¿Cómo puedes caer tan bajo?

Dio ladeó la cabeza y se encogió de hombros.

–Yo no lo veo así.

–¿No? ¿Y cómo lo ves tú?

–Lo veo como un método de persuasión.

–No puedo creer lo que estás diciendo.

–Eres mi esposa –afirmó él con tono tajante–. Cuando empezaste a fabricar tu plan de dejarme plantado, supongo que imaginaste que no te daría todas las facilidades. ¿Desde cuando soy esa clase de persona?

Nerviosa, Lucy bajó la vista y empezó a colocar una pila de libros que había sobre una mesa.

–¿Y bien?

–¡Creo que no es digno de ti jugar con el bienestar de decenas de niños necesitados y supeditarlo a lo que me pides!

–No estoy jugando con el bienestar de nadie. Eres tú quien lo hace –repuso él y se miró el reloj. A ese paso, no iba a poder regresar a la oficina a tiempo para seguir trabajando. Algo que, curiosamente, no le molestó.

Estaba demasiado concentrado en lo que tenía entre manos.

–¿Te está tomando más tiempo del que esperabas? –le espetó ella con sarcasmo.

Cuando Dio sonrió, a Lucy se le puso el estómago en la garganta, como si acabara de saltar de un avión sin paracaídas. Esa sonrisa le recordaba los tiempos felices en los que él la había cortejado y ella había creído que de verdad había estado enamorado.

Justo en ese momento, Lucy comprendió por qué le parecía tan horrible la idea de hacer el amor con él.

Sí, lo odiaba por cómo la había manipulado para que se casara con él por las razones equivocadas. Sí, odiaba la forma en que la había utilizado como un complemento perfecto para los negocios.

Pero lo que de veras la asustaba era el influjo que tenía en ella y los sentimientos que le despertaba. Lo que temía era llegar a sentir algo por él que, de ninguna manera, sería correspondido.

Lucy sabía que, si hacía el amor con él, si dejaba que la tocara, acabaría siendo vulnerable. Cuanto más lo dejara acercarse, más difícil le resultaría alejarse de él después.

Le gustara o no, su marido no le resultaba tan indiferente como había querido fingir a lo largo de los meses.

Y esa sonrisa era un alarmante recordatorio de la realidad.

–Por mi querida esposa, no me importa retrasar los negocios el tiempo que haga falta.

Cuando Lucy le dedicó una mirada de incredulidad, Dio soltó una carcajada sensual y profunda que atravesó las defensas de ella.

–Al menos, durante un par de horas, mientras resolvemos nuestras diferencias. Muéstrame el sitio

–pidió él, se levantó y se estiró–. No puedo seguir sentado en esta silla. Es demasiado pequeña. Necesito estirar las piernas. Hazme un tour guiado. Si voy a levantar este basurero, es mejor que empiece a hacerme una idea de qué necesita.

Lucy apretó los labios. ¿Tan seguro estaba él de salirse con la suya? ¿Acaso le daba igual lo que ella dijera?

–¡No vas a levantar este *basurero* y, de todas maneras, no te interesa lo que yo hago aquí!

Dio le lanzó una intensa mirada con las manos en los bolsillos.

–Estoy en desacuerdo en ambos puntos.

Lucy apartó la vista, incómoda bajo su atenta mirada. Decidió que enseñarle el pequeño colegio era mejor que quedarse allí parada delante de él.

Encogiéndose de hombros, le informó que aquella era la clase principal, donde Mark y ella hacían todo lo posible por acomodar a niños de capacidades y edades muy diversas.

Las palabras de Lucy iban llenándose de pasión al hablarle de lo que hacían allí. Entonces, Dio comprendió lo que se había estado perdiendo todos esos meses. Su mujer había sido una fachada perfecta de elegancia y compostura, pero había carecido de alma. Allí, sin embargo, rodeada de aquel proyecto, parecía iluminarse al contarle todas las cosas que Mark había logrado hacer con tan poco dinero y apenas ayuda.

Había varias aulas en la planta baja. El edificio era, curiosamente, más grande por dentro de lo que parecía por fuera.

–Los maestros voluntarios vienen siempre que pueden –explicó ella, guiándolo a otra clase más pe-

queña–. Mark ha conseguido que un grupo de exper-
tos se turnen para hablarles a los niños de distintas
materias –señaló y miró a Dio–. No creerías en qué
condiciones viven algunos niños que vienen aquí. Sus
padres se preocupan por ellos, si no, no los traerían al
colegio. Pero no tienen comida, viven rodeados de
ruidos, en lugares atestados de personas...

Dio asintió, mientras contemplaba su boca car-
nosa, su esbelto cuello, sus hombros estrechos. Al
hablar tan animadamente, se le movían mechones de
pelo color vainilla que se le habían soltado de la cola
de caballo. Parecía infinitamente más joven que cuando
iba arreglada.

–¿Es seguro? –preguntó él, de pronto.

–¿Cómo?

–¿Cuál es el protocolo de seguridad? ¿Solo trabajáis aquí vosotros dos? ¿Y trabajáis de noche?

–¿Me estás diciendo que te preocupa mi bienestar?
–replicó ella con tono burlón.

–Siempre.

A Lucy se le aceleró el corazón. El rostro de Dio
estaba tan serio que se quedó sin habla durante unos
instantes. Haciendo un esfuerzo para recuperarla, le
explicó que no trabajaban de noche y que, de día, el
lugar estaba siempre lleno de gente entrando y saliendo.

–Bueno, ahora que sé dónde pasas el tiempo y lo
que haces cuando estoy fuera, vas a tener dos guardaespaldas contigo cada vez que vengas aquí. Y no es
negociable, Lucy.

–Solías decir que te parecían ridículos los hombres
que ponían guardaespaldas para seguir a sus esposas...

–No lo haría si estuvieras todo el día de compras y en el salón de belleza. Eso era lo que pensaba que hacías en tu tiempo libre.

–¿Y qué imagen voy a dar? –protestó ella, sintiendo cómo su libertad se veía coartada. Al mismo tiempo, una extraña calidez la envolvió al pensar que Dio quisiera protegerla.

Aunque, en realidad, se trataba solo de proteger su inversión, se recordó a sí misma. Dio solo quería aprovecharse de ella al máximo antes de echarla al cubo de la basura.

–No me ha importado lo que piense la gente. Dime, ¿cuántas aulas hay en esta planta? ¿Y qué hay arriba?

–No puedo ir por ahí con dos armarios siguiéndome. Asustarán a los niños.

–Dudo que los niños de este barrio se asusten tan fácilmente.

–¡Deja de provocarme!

–Si crees que te provoco, ¿cómo describirías lo que haces tú? –replicó él, acercándose a ella.

–Solo... solo intento decirte que no quiero... llamar la atención cuando vengo aquí –balbuceó ella, clavada en el sitio. Nerviosa, se humedeció los labios–. ¿Qué estás haciendo? –protestó, cuando él le colocó un mechón de pelo detrás de la oreja.

–Estoy hablando contigo. No tiene nada de malo que tu futuro exmarido se preocupe por tu seguridad, ¿verdad?

–No me refería a eso.

–¿No? ¿Y a qué te referías?

–Tú... yo... –balbuceó ella de nuevo. No era capaz de ordenar las palabras. En ese momento, deseaba tanto que Dio la tocara que no podía pensar. Tuvo que echar mano de toda su fuerza de voluntad para dar un paso atrás y apartarse–. No trabajaré con dos tipos duros detrás de mí. Además, cuando vengo aquí, nadie sabe quién soy.

–¿No te reconocen? –preguntó él, frunciendo el ceño.

–¿Por qué iban a reconocerme? Me visto con vaqueros, me peino con una coleta y no llevo ni maquillaje ni joyas –repuso ella con una breve sonrisa.

Pasándose una mano por el pelo, Dio meneó la cabeza con impaciencia. Le confundía pensar que, tal vez, su mujer era una persona con mucho más fondo y moral de los que había creído.

¿O acaso se trataba solo de que le gustaba jugar a ir camuflada? ¿Sería solo eso, un juego, el atractivo de la novedad?

–Me preguntabas por las otras habitaciones –dijo ella y le mostró más aulas con estanterías bajas y escaso material.

Lucy podría haber equipado todo el colegio con ordenadores solo con vender una de las joyas que guardaba bajo llave en su casa, caviló Dio. ¿Por qué no lo había hecho? Tal vez, porque no quería que nadie conociera su identidad, ni el alcance de su riqueza.

¿Qué sentido tenía eso?

Había sido criada como una Bishop, una niña rica educada para codearse solo con la élite de la sociedad. ¿Qué estaba haciendo allí?, se preguntó él, mirando las paredes que parecían a punto de derrumbarse.

–Mark volverá pronto –señaló ella y se detuvo en un aula que, como las demás, había sido pintada de amarillo para disimular las paredes descascarilladas–. Puedes hacerle a él todas las preguntas que quieras.

–Creo que paso –repuso él. Recostándose en la

pared, la observó un momento en silencio antes de hablar–. No me apetece tener que reanimarlo porque, si me ve todavía aquí, seguro que se desmaya.

–Muy gracioso –murmuró ella y se hizo a un lado para seguir manteniendo las distancias.

–Tengo preguntas para ti. ¿Hay algún sitio aquí cerca donde podamos comer?

–¿Comer? –repitió ella, atónita. No habían comido juntos y solos desde antes de la boda.

–A menos que hayas venido con un bocadillo y un termo de café... para no destacar, quiero decir.

–Hay una cafetería a la vuelta de la esquina.

–¿Cafetería?

–No es nada del otro mundo, pero los bocadillos están buenos y sirven grandes tazas de té.

–No me apetece. ¿Alguna otra sugerencia?

–Ahora estás en mi terreno, Dio –señaló ella, cruzándose de brazos con firmeza.

–¿Tu terreno? No me hagas reír.

–No me importa lo que pienses. Siento que este es mi lugar, más que cualquiera de tus enormes mansiones sin alma, donde me tengo que asegurar de que no falte champán ni caviar en el frigorífico, por si acaso...

Dio apretó los labios.

–Si quieres incomodarme, felicidades, Lucy, vas por buen camino.

–No quiero molestarte, pero hablo en serio. ¡Si quieres continuar esta conversación o hacerme más preguntas, incluidas preguntas sobre el divorcio, entonces, puedes comer en la cafetería donde Mark y yo comemos cuando estamos aquí! No puedo creer que seas tan esnob.

–No soy esnob –repuso él–. Pero, tal vez, me haya

hartado de visitar cafeterías mugrientas en mis tiempos jóvenes. Quizá, provengo de un entorno lo bastante pobre como para saber que salir de él fue lo mejor que hice. Y no tengo ninguna gana de fingir que la pobreza guarda algún encanto para mí.

Lucy abrió la boca.

Era la primera vez que Dio mencionaba su entorno de procedencia. Gracias a los comentarios despreciativos de su padre, ella sabía que había forjado su propia riqueza de cero. Pero le impresionaba oír que él lo admitiera por sí mismo.

Dio se sonrojó y se dio media vuelta.

—Hablaré contigo cuando vuelvas a casa esta noche.

—¡No! —negó ella, agarrándolo del brazo para detenerlo.

Como si se hubiera quemado, Lucy se sintió invadida de pronto por un calor abrumador y estuvo a punto de retirar la mano de golpe.

—Deberíamos... hablar ahora —murmuró ella, dando un paso atrás—. Sé que debe de haberte sorprendido mi petición y nunca pensé que... descubrirías lo que hago aquí... pero ahora que lo sabes, bueno, no me importaría comer contigo en un sitio más sofisticado.

Dio suspiró y meneó la cabeza.

—Llévame a esa cafetería. No importa.

Después de cerrar la puerta con llave, caminaron juntos a la cafetería que Lucy solía frecuentar con Mark.

Ella sintió una curiosidad creciente por preguntarle por su pasado. Había vivido en la pobreza, ¿pero había sido feliz? Como sabía por propia experiencia, una infancia de lujos no garantizaba la felicidad.

Cuando entraron, Anita y John, una pareja que había tras el mostrador saludó a Lucy con entusiasmo. Según dijeron, sus hijos iban a estudiar Matemáticas con ella y estaban haciendo grandes progresos.

–Este es... un empresario que está pensando en invertir en el colegio –señaló ella. De inmediato, percibió en los ojos de Dio que no le había gustado nada que no le presentara como su marido. Sin embargo, no se amedrentó y le lanzó una mirada de advertencia antes de añadir–: Está muy interesado en ayudar a los niños que viven en zonas poco privilegiadas.

–Porque... resulta que me crié no muy lejos de aquí –comentó él con una sonrisa seductora que tenía embelesada a Anita–. Y sé que la única forma de escapar de la pobreza es gracias a una buena educación.

Anita y John asintieron con ímpetu.

–Esta encantadora joven y yo... estamos en negociaciones en este momento –continuó Dio–. Si ella acepta mi propuesta, no tendrán que preocuparse más por las humedades del edificio y el equipo más moderno estará a su disposición. Creo que los ordenadores son indispensables para que los niños aprendan hoy en día. Pero, como he dicho, Lucy y yo estamos negociando todavía...

Cuando estuvieron a solas en una mesa, delante de dos sándwiches y dos tazas humeantes de té, Lucy se inclinó hacia él.

–Vaya, me has metido en un lío, muchas gracias.

–De nada. Por cierto, ¿por qué no me has presentado como tu marido?

–Porque me habrían hecho muchas preguntas. Habrían querido saber quién soy yo en realidad y... –contestó ella y le dio un trago a su taza, nerviosa–. Lo que has dicho, ¿era verdad?

Dio sabía perfectamente a qué se refería su mujer. ¿Por qué había tenido que dar esa información sobre su lugar de procedencia? Siempre se había guardado para sí los detalles de su infancia. No estaba orgulloso de haber crecido en un barrio marginal, donde imperaba la ley de la jungla.

—No entiendo a qué te refieres —mintió él—. Muy rico el sándwich, por cierto.

—¿Creciste por aquí cerca?

—Es territorio nuevo y desconocido para los dos —murmuró él, recorriéndola con la mirada. Era una mujer muy hermosa, una de las más bellas que había conocido. Aun así, le sorprendía que nunca la hubiera visto desnuda. Siempre había tenido éxito con el sexo opuesto, pero su propia esposa se le resistía.

A pesar de sus amargos pensamientos, Dio no pudo reprimir una poderosa erección. Quizá, llevaba demasiado tiempo fantaseando sobre la doncella de hielo que tenía a su lado.

Sin embargo, había llegado la hora de poner punto y final a las fantasías.

—Noticias inesperadas, informaciones reveladoras, una comida sin la crema de la sociedad a nuestro alrededor... ¿Adónde nos llevará todo esto? Ah, sí. A la cama.

Lucy se sonrojó. Sus increíbles ojos azules se abrieron de par en par ante su comentario, mientras una avalancha de imágenes eróticas la invadía.

Ella siempre había pensado que sexo y amor debían ir de la mano. Sin embargo, sus principios más férreos amenazaban con derrumbarse bajo el peso de aquellas imágenes tan calientes y tan vívidas.

—No fue procedente que les dijeras a John y Anita

que estabas dispuesto a invertir dinero en el lugar, si accedo a tus demandas.

—¿No me digas? —repuso él, frunciendo el ceño—. Pensé que solo estaba siendo honesto. Me he fijado en que utilizan el sistema de tutorías después del horario escolar, aunque supongo que debe de ser muy duro, pues ambos tienen hijos que atender.

Lucy estaba empezando a sentirse empujada en una montaña rusa fuera de su control. Aunque había anticipado que Dio no iba a encajar bien su petición de divorcio, para nada había sospechado el rumbo vertiginoso que estaban tomando los acontecimientos. Para colmo, con la sombra del sexo planeando sobre ellos.

—¿A qué te refieres? —preguntó ella.

—A que es duro ser padre, intentando llegar a fin de mes y, al mismo tiempo, encontrar tiempo libre para hacer deberes con los niños. Supongo que esa es la situación que tienen tus... amigos.

—Van a contarle a Mark lo que les dijiste. Y a todo el barrio.

—Ah. ¿Y qué? ¿Qué tiene de malo?

—Siempre tienes que salirte con la tuya, ¿no? —protestó ella y lo miró un momento con resentimiento. Enseguida, sin embargo, apartó la vista, pues su marido era demasiado sexy, demasiado guapo como para contemplarlo sin rendirse a sus encantos.

—Siempre —confirmó él—. ¿Qué crees que pensará tu querido amigo Mark cuando descubra que te interpones entre la felicidad y el fracaso de su amado proyecto? Porque, por lo que me has contado, esto es más que un juego para él.

—¿Quieres decir que eso es para mí? —se defendió ella, dándole un bocado furioso a su sándwich.

–Nunca me había dado cuenta de lo guapa que estás cuando te enfadas –murmuró él–. Claro, mostrarte rabiosa no era una buena forma de cazar marido, ¿verdad?

Dio estaba disfrutando como un niño de la situación. Estaba seguro, además, de que, en cuanto se acostara con Lucy, podría deshacerse de ella sin frustración y recuperar la claridad mental sobre lo manipuladora y calculadora que era. Pero, mientras...

Lucy bajó la vista al recordar lo vacío y falso que había sido su matrimonio, después de las inocentes esperanzas que había albergado cuando había salido con él, enamorada como una tonta.

–Me llena mucho trabajar con estos niños –señaló ella, ignorando su puñalada–. Es mucho más satisfactorio que darle conversación superficial a gente que no conozco. Me siento mucho más realizada que yendo a exposiciones o a fiestas de la alta sociedad.

Dio estaba de acuerdo. Una de las cosas más odiosas que tenía que hacer en su inexorable subida a la cima de los negocios era asistir a eventos que le traían sin cuidado. Pero era parte de su trabajo y no podía zafarse de ello.

Por otra parte, nunca se le había ocurrido pensar que su mujercita se aburriera con esa clase de vida. De hecho, había pensado que la disfrutaría a fondo después de haberle echado el anzuelo.

Mirándola con el ceño fruncido, Dio trató de poner orden en las pequeñas contradicciones que empezaba a vislumbrar en su relación.

–Todo el vecindario va a saber enseguida que un gran empresario ha mostrado interés por nuestro pequeño proyecto.

–Pero no soy cualquier empresario.

–¿Qué quieres que les diga? –le espetó ella, esforzándose por no alzar la voz para no llamar la atención
en la pequeña cafetería, donde cada vez eran blanco
de más miradas curiosas.

–Podrías decirles que no quisiste aceptar las condiciones que puso el gran empresario para invertir.

–¡No deberías haberme seguido!

–Sabes que me deseas...

–¿Cómo te atreves?

–Es impresionante, ¿verdad? –comentó él, recostándose en su asiento. Sonrió al ver que ella se echaba
hacia delante para que nadie oyera su conversación–.
No quieres reconocerlo, pero me deseas.

–¡No!

–¿Quieres ponerte a prueba? –propuso él y miró a
su alrededor a las caras curiosas que los rodeaban–.
¿Qué te parece si me acerco y te beso? ¿Recuerdas el
último beso? ¿Qué te parece si lo repetimos? Ahora.
Luego, podríamos hacer una votación, descubrir
cuántas personas están de acuerdo en que te sientes
atraída por mí...

–¡Me tomaste por sorpresa cuando me besaste!
–exclamó ella, sonrojándose sin remedio. Muy a su
pesar, había perdido la compostura. Estaba confundida, abrumada, asustada... Excitada.

–Bueno, pues ahora estarás preparada. Así podre-
mos juzgar si eres capaz de controlar lo que sientes
por mí.

–¡No siento nada por ti! –aseguró ella, presa del
pánico.

–Claro que sí. Siempre me has deseado.

–¡Shh!

–Me he fijado en cómo me miras cuando crees que no me doy cuenta –continuó él–. Puede que me hayas engañado para que me casara contigo y ahora quieras escapar, pero no eres capaz de controlar lo que sientes, ¿verdad?

Con un codo sobre la mesa, Lucy apoyó la cabeza en la mano, deseando estar en algún otro lugar.

–Dime... ¿te molestaba pensar en mí en términos carnales?

–¿Cómo puedes decir eso? –replicó ella, mirándolo horrorizada–. ¿De qué estás hablando?

–No podríamos provenir de ambientes más distantes –contestó él con tono serio–. ¿Pensabas que podría contagiarte con mi pedigrí de clase baja trabajadora si te acostabas conmigo?

–¡Yo no soy así! Nuestro matrimonio no fue real y no iba a... a...

Dio meneó una mano, interrumpiéndola, como si estuviera sumamente aburrido.

–No tengo ganas de hablar de eso. Solo quiero acostarme contigo, querida esposa. Quiero sentir tu cuerpo desnudo retorciéndose debajo de mí. Quiero oírte gritar mi nombre y suplicarme que te lleve al orgasmo.

–¡Eso no pasará jamás!

–Oh, claro que sí. Solo tienes que pensarlo un poco y dejar de fingir que es un gran sacrificio para ti. Te gustará.

–¿Cómo lo sabes?

–Porque conozco a las mujeres. Confía en mí. Será placentero. Y piensa en las recompensas. Una jugosa pensión tras el divorcio. Dinero para equipar tu pequeña escuela. Padres y niños agradecidos... ¿Podría haber un mejor comienzo para tu nueva etapa de libertad? –preguntó él y se inclinó hacia delante, hasta que sus caras estuvieron separadas por un par de centímetros–. De hecho, tengo una idea grandiosa. Vámonos de luna de miel, Lucy. Dos semanas. Después, tengo que irme a Hong Kong a cerrar la compra de una compañía. Yo me iré y tú podrás... bueno, empezar tu nueva vida. ¿Qué te parece?

Capítulo 5

PRESA de un cúmulo de emociones tormentosas, Lucy tuvo tres días para pensar. Dio se había marchado a una reunión imprevista y urgente en París.

Según sus cálculos, eso dejaba once días de luna de miel antes de que él tuviera que volar a Hong Kong.

Sabía que había sido manipulada, víctima de un plan calculado por parte de su marido.

Para empezar, la historia del gran empresario interesado en la escuela se había extendido como la pólvora. Todo el mundo en el barrio creía que el trato estaba cerrado, que el colegio pronto tendría ordenadores y material escolar y que el edificio pasaría por una reforma de calidad.

Si aquel sueño comunitario se hacía pedazos, Lucy iba a tener que sudar la gota gorda para encontrar una excusa convincente. El peso de la culpa, sin duda, caería sobre sus hombros.

El día después de que hubiera comido con Dio en la cafetería del barrio, Mark había llegado a trabajar con un montón de folletos de ordenadores e impresoras. Había hablado de llamar a la prensa para que hiciera un artículo sobre lo que había pasado para demostrarle al mundo que todavía existían héroes que apoyaban las buenas causas...

Lucy se había quedado petrificada. ¿Cómo podía catalogarse a Dio Ruiz de héroe?

Nadie le había preguntado cuáles eran las misteriosas condiciones que él le había pedido a cambio. Y Lucy se alegraba por ello, porque no tenía idea de que podía haber respondido.

Hasta entonces, habían estado pendientes de varias líneas de recaudación de fondos y ayudas estatales para ayudarles a pagar el alquiler del edificio. Sin embargo, un día después de su encuentro con Dio, dos miembros del ayuntamiento habían ido a informarle de que el edificio iba a ser renovado. Según le habían dicho, sería un bien muy útil a la comunidad convertirlo en una escuela activa.

También le habían anunciado que se estaba estudiando contratar a tres empleados a tiempo completo para que pudieran encargarse de dar clase a los estudiantes de familias inmigrantes, que eran muchos en el barrio.

Además, dos veces al día, Dio la llamaba por teléfono con la excusa de saber dónde estaba. Y, de paso, para presionarla.

Dos semanas...

Después de eso, sería libre, se dijo ella.

¿Tendría razón Dio? ¿Sería un sacrificio acostarse con él o algo placentero? Lo cierto era que, el día de la boda, Lucy había estado contando los minutos para que llegara la noche. Había estado deseando entregarle el regalo de su virginidad.

Seguía siendo virgen, aunque su inocencia se había ido al traste hacía un año y medio. Antes, había soñado con casarse por amor y perder la virginidad con un hombre que la amara de verdad. Pero eso ya no tenía sentido.

Lo peor era que, por mucho que le doliera admitirlo, deseaba a Dio. Encima, él lo sabía. Y lo había demostrado, haciendo que se derritiera con su beso.

¿Qué sentido tenía negar la realidad? Ella no había escondido la cabeza cuando había tenido que admitir que estaba atrapada en un matrimonio de conveniencia, obligada a representar el papel de la esposa perfecta ante la alta sociedad.

Al tercer día, Lucy respondió otra de las llamadas de su marido. Como siempre, se le puso la piel de gallina al escuchar su voz sensual, profunda y aterciopelada.

Una vez más, le costó resistirse al poderoso influjo de su personalidad. Aunque él estuviera al otro lado del mundo, solo con escuchar su voz todo su cuerpo se excitaba sin remedio.

–¿Qué haces?

Lucy se sentó. ¿Iba a iniciar una conversación sobre el plato de cereales que acababa de comerse?

–Marie ha presentado su dimisión. Sabía que lo haría, antes o después. Es demasiado ambiciosa para ser criada. Tiene plaza en la universidad. Así que tendrás que encontrar a alguien que se ocupe de la limpieza de la casa de París.

–¿Yo?

–Bueno, yo no voy a estar para hacerlo –le recordó ella. De pronto, se le encogió el corazón al pensar que, dentro de poco, vivirían vidas separadas.

Sentado en el asiento de primera clase del aeropuerto JFK, Dio frunció el ceño. Cuando regresara a Londres, quería tener una respuesta a su proposición.

La única respuesta que pensaba aceptar era la que quería escuchar.

Era de eso de lo que quería hablar. Y no de la tediosa tarea de contratar una nueva criada. Menos aún, de la proximidad de su divorcio.

–Me ocuparé de eso cuando llegue el momento –señaló él, dando el tema por zanjado.

–Bueno, el momento llegará dentro de dos semanas, que es cuando Marie se va.

–¿Qué llevas puesto? –preguntó él, cambiando de tema–. Ahí es temprano. ¿Todavía estás en camisón? ¿No te parece un poco raro que nunca nos hayamos visto en pijama o camisón?

Lucy se puso roja. Se aclaró la garganta.

–No sé qué tiene que ver mi indumentaria con... –murmuró ella, cerrándose la bata de forma instintiva sobre los pezones endurecidos.

–Solo es por hablar de algo. Si vamos a pasar las próximas dos semanas juntos...

–Once días –le interrumpió Lucy.

Dio sonrió para sus adentros. No había dejado de llamarla a diario mientras había estado fuera. No había querido darle la oportunidad de retraerse ni de ignorarlo, al contrario de lo que había sucedido durante todo su matrimonio.

Al adivinar que ella comenzaba a aceptar la idea, una honda excitación lo recorrió.

–Si vamos a pasar los próximos once días juntos, tenemos que ser capaces de conversar.

–Sabemos cómo conversar, Dio. Lo hemos hecho muchas veces a lo largo de nuestro matrimonio.

–Conversación superficial –puntualizó él–. Ya no

es apropiada, teniendo en cuenta que nuestra relación ha cambiado.

–Nuestra relación no ha cambiado.

–¿No? Juraría que acabas de aceptar que pasemos juntos nuestra luna de miel atrasada...

Lucy se humedeció los labios, nerviosa. La bata se le había abierto y, al mirarse los pechos, vio que tenía los pezones erectos.

Había tomado una decisión sobre el ultimátum de su marido, sin ser consciente de ello.

Pronto, su vientre y sus pechos desnudos estarían a su disposición.

Un pequeño escalofrío la recorrió. Al deslizarse los dedos por debajo de las braguitas, notó lo húmeda que estaba. Sorprendida, se dijo que era como si su cuerpo estuviera reaccionando a las caricias que Dio le dedicaría.

–De acuerdo –dijo ella con toda la calma de la que fue capaz–. Tú ganas, Dio. Espero que te sientas orgulloso.

–Ahora mismo, las sensaciones que experimento no tienen nada que ver con el orgullo –repuso él con voz baja y sensual.

Una oleada de excitación recorrió a Lucy.

De todas las razones que le habían empujado a aceptar su propuesta, la que verdaderamente contaba era solo una. No tenía nada que ver con el colegio, ni con su sentido de la obligación, ni con el dinero.

Se había rendido porque Dio le gustaba y sabía que, si se divorciaba de él sin haber tenido sexo, se pasaría toda la vida preguntándose cómo hubiera sido.

Tal vez, su cabeza no quería acostarse con él, pero su cuerpo sí.

El hecho de que hubiera muchos premios añadidos a su decisión de aceptar era solo un incentivo.

—Te contaría lo que siento, pero estoy sentado en el aeropuerto y no quiero que la gente note un bulto creciente en mis pantalones...

—¡Dio! Eso es... eso es...

—Lo sé. Es mala suerte, teniendo en cuenta que he de esperar unas cuantas horas antes de encontrar satisfacción.

—¡No me refería a eso!

—¿Ah, no?

—No —negó ella con firmeza y se apretó el cinturón de la bata—. Yo... estoy dispuesta a... hablar de los pormenores de nuestro trato.

—Habla en cristiano —dijo él con tono seco.

—Acepto pasar una luna de miel contigo, pero solo porque no tengo elección.

—No suenas muy entusiasmada —comentó él. Aunque no iba a ser tan tonto como para dejarse engañar otra vez por su mujercita. De ninguna manera iba a consentir que lo manipulara vendiéndole la idea de que no tenía interés en acostarse con él.

—Todo el mundo espera que empieces a dedicar dinero al colegio.

—Yo no creo que uno pueda amoldar su vida a las expectativas de los demás.

—¿Cómo sé que, cuando acabe nuestro viaje, cumplirás tu palabra?

—De ninguna manera —respondió él, ofendido. Siempre había sido un hombre de palabra. Quizá, no había nacido en una familia rica, pero era un hombre de principios y siempre cumplía lo prometido—. Tendrás que confiar.

Cuando Lucy no dijo nada, Dio interpretó su silencio como desaprobación.

–Yo siempre cumplo mi palabra –aseguró él–. A diferencia de otros.

Lucy pensó en su padre, que había timado a tanta gente robándole sus pensiones, y se sonrojó. ¿Estaría Dio pensando en lo mismo? Quizá se había casado con ella por las razones equivocadas, pero nunca le había mentido hablándole de amor. Jamás la había engañado ni le había prometido cariño eterno.

Por alguna razón, Lucy tenía la certeza de que, si Dio daba su palabra, la mantendría.

–¿Reservo algún lugar en especial? –preguntó ella, tensa–. Supongo que querrás usar alguna de las casas...

–Puedes dejar tu papel de asistente personal para esta ocasión –sugirió él–. Echa a perder... el encanto.

Su voz ronca lograba producir todo tipo de sensuales reacciones en el cuerpo de Lucy.

–¿Tengo que reservar vuelo? –volvió a preguntar ella. No quería que ninguno de los dos olvidara que su luna de miel estaba construida sobre unas bases muy prosaicas.

No iba a ser una de las escapadas románticas en que la pareja se quedaba embobada mirándose y se susurraba cosas dulces a la luz de las velas a la hora de cenar, antes de salir corriendo para dejar rienda suelta a su pasión en el dormitorio.

Más bien, se trataba de saciar su instinto más básico.

–Ni lo pienses. Haré que se ocupe mi secretaria.

–¿Pero adónde vamos? ¿Y cuándo salimos?

–Ahora estoy en el aeropuerto JFK. Cuando vuelva

a Londres, tengo que zanjar algunos asuntos rápidos. Estaré preparado para salir mañana a esta misma hora.

–¿Qué? No puedo irme sin avisar con tiempo.

–Claro que puedes. Mi secretaria se ocupará de todo. Solo tienes que prepararte para mí...

–¿Prepararme para ti?

Dio rio al escuchar su voz ultrajada. Tenía una erección tan grande que le costaba caminar.

Imaginó sus pechos pequeños y bien moldeados, preguntándose de qué color tendría los pezones. Teniendo en cuenta que era rubia natural, lo más probable era que fueran rosa pálido. Y muy apetitosos. También fantaseó con cuál sería su sabor cuando se sumergiera entre sus piernas.

Otra cosa que no sabía era con cuántos hombres más habría compartido ella su cuerpo antes de haberlo conocido.

Enseguida, dejó a un lado aquel molesto pensamiento.

–Usa tu imaginación –dijo él con voz sensual.

–A la orden –murmuró ella.

Como respuesta, Dio rio al otro lado de la línea. Era la risa de un hombre que acababa de conseguir lo que quería.

–¿Y qué meto en la maleta?

–Nada. Me aseguraré de que tengas ropa esperándote allí donde vamos.

–No quiero que me disfracen de Barbie –protestó ella–. Eso no es parte del trato.

–Nos vemos pronto, Lucy...

–¡Pero todavía no me has dicho adónde vamos!

–Lo sé. ¿No es emocionante? Apenas puedo esperar.

Acto seguido, Dio colgó. Lucy se quedó mirando absorta el teléfono, presa del pánico. No había vuelta atrás.

Intentó pensar cómo sería su vida después de los siguientes diez días, pero solo podía imaginarse en la cama con Dio.

Cuando habían salido juntos, ella había creído que Dio no había intentado nada porque había sido un caballero. Había querido contarle que era virgen, pero no lo había hecho porque el tema no había surgido nunca.

En ese momento, sin embargo, no importaba por qué él no había intentado acostarse con ella antes. El hecho era que pronto dormirían juntos.

¡Pero ni siquiera sabía dónde irían! Podía ser el Ártico, el Caribe, una ciudad europea... ¿Lo tenía Dio decidido ya o iba a dejar que su secretaria eligiera por ellos?

¿Y cómo iba a comportarse cuando volviera a casa?

Lucy estaba hecha un manojo de nervios. Por primera vez en mucho tiempo, no se arregló para recibirlo. Por lo general, nunca dejaba de desempeñar su papel de esposa elegante, a menos que estuviera sola. Por lo general, lo recibía con un atuendo formal, aunque fuera para estar en casa.

Pero las cosas eran distintas. Por eso, decidió ponerse unos vaqueros y una camiseta vieja de sus días de estudiante. Tampoco se molestó en maquillarse ni en rizarse el pelo. Se lo dejó suelto, recogido detrás de las orejas.

Lo esperó en el mismo sitio que cuando le había hablado del divorcio. Y estaba igual de nerviosa.

Aun así, no lo oyó llegar hasta que él habló.

–Me preguntaba si me esperarías despierta –comentó él. Entrando en el salón, se quitó a chaqueta.

Había sido un viaje largo y cansado. Sin embargo, al posar los ojos en ella, se animó de golpe. En parte, había previsto que la encontraría furiosa, representando el papel de víctima inocente que tan bien se le daba. Pero, sin duda, el poder de atracción del dinero la había amansado. Lucy podía jugar a ser voluntaria en su escuela, aunque eso no le permitiría el tren de vida al que estaba acostumbrada, caviló él con cinismo.

–¿Quieres tomar algo?

Lucy sintió que estaban reviviendo la misma escena de hacía unos días. Lo siguió a la cocina, aunque ella ya había cenado e imaginaba que él también.

–Me gustaría hablar de los planes para mañana –dijo ella, reuniendo valor–. Necesito saber a qué horas nos vamos. He hecho una pequeña maleta...

Sin poder evitarlo, se fijó en lo guapo que estaba y contuvo la respiración. El aire estaba cargado de electricidad.

Y la forma en que él la miraba, devorándola, hizo que se le erizara el vello de todo el cuerpo.

Lucy quiso recordarle que su acuerdo abarcaba su escapada de vacaciones, que no empezaría técnicamente hasta que salieran de viaje. Así que esa noche cada uno se retiraría a su dormitorio como siempre. Sin embargo, tenía la lengua pegada al paladar.

–¿Has estado pensando en mí? –preguntó él con tono sensual–. Porque yo he pensado mucho en ti...

Cuando se acercó a ella, Lucy dio un respingo, nerviosa.

–Pensé que... nosotros... bueno, hasta que no estuviéramos de viaje...

–¿Por qué esperar? La luna de miel no podrá durar dos semanas a causa de mi reunión inesperada en Nueva York, así que tenemos que aprovechar el tiempo. Si voy a pagar por dos semanas, no quiero que escatimes nada...

Lo último que Lucy esperaba era que la tomara en sus brazos. La levantó del suelo y la llevó escaleras arriba, a su dormitorio.

Con el corazón acelerado, agarrada a su cuello, no opuso resistencia. Había estado muchas veces antes en el dormitorio de su marido, siempre cuando él había estado fuera. En ocasiones, había entrado minutos después de que él se hubiera ido y había inspirado su aroma masculino, incluso había tocado la cama deshecha, todavía caliente de su cuerpo...

Dio la dejó sobre la cama y se quedó mirándola, cavilando qué hacer a continuación.

Había actuado por impulso hacía un minuto, cuando la había tomado en sus brazos como un hombre de las cavernas para llevarla a su terreno. Sin embargo, en ese momento...

Lucy estaba preciosa y parecía increíblemente frágil. Tenía los ojos muy abiertos y llenos de temor. Al contemplarla, Dio se sintió como un siniestro secuestrador.

Pasándose la mano por el pelo, se dirigió a la ventana y se quedó allí parado unos segundos, antes de cerrar la persiana.

Con el corazón acelerado y la sangre recorriéndole las venas como lava de un volcán, Lucy se quedó mirándolo. Lo deseaba con toda su alma, sin embargo, él estaba allí parado, observándola con el ceño fruncido.

Tal vez, Dio había entrado en razón, se dijo ella. Quizá, se había dado cuenta de que no se podía comprar a las personas, ni chantajearlas para que se acostaran con él.

Si así fuera, ¿por qué no aprovechaba la situación y se zafaba del trato?

No lo hacía porque lo deseaba. Era tan sencillo como eso.

Quizá, si Dio nunca hubiera hablado de dormir con ella, si nunca la hubiera atravesado con sus ojos sensuales y hermosos, ella podía haberlo dejado con la cabeza alta y todos sus principios intactos.

Sin embargo, él había abierto la puerta a un territorio desconocido y lleno de promesas irresistibles que Lucy ansiaba probar.

Sin saber qué decir, colocó las almohadas y se acomodó sobre ellas. Dio era su marido, aunque se sentía con él como una adolescente en su primera cita.

–¿Qué haces ahí parado? –preguntó ella con la boca seca–. ¿No era esto lo que querías? ¿No querías traerme a tu cama para cobrar el premio por el que has pagado?

Dio se sonrojó y frunció el ceño todavía más. ¿Era eso lo que parecía? ¿Un cerdo?

–Llevo casi un año y medio de celibato, Lucy. ¿Vas a decirme que ha sido justo? –preguntó él con tono áspero.

–Quizá, no ha sido justo para ninguno de los dos.

Personalmente, Dio pensaba que ella había salido mucho mejor parada que él.

–No has respondido a mi pregunta.

–Me has traído a tu cuarto para tener sexo y aquí estoy. ¡Para eso has pagado! –le espetó ella, fingiendo valor, aunque por dentro estaba temblando.

Dio adivinó que, tras sus frías palabras, ella no estaba tan segura de sí misma. Apreció en ella un inconfundible nerviosismo, un mezcla de miedo y desconfianza. Incluso parecía estar temblando. Era una imagen que no encajaba para nada en la idea que tenía de su mujer calculadora y oportunista.

–Resulta que no me atrae tanto el sacrificio de mártires –observó él, apartándose de la ventana.

–¿Ni siquiera si lo has pagado?

–No sabía que pudieras ser tan cínica, Lucy –señaló él y recordó las veces que la había visto reír con inocencia infantil, cuando habían sido novios. Sin duda, debía de ser muy buena actriz.

–He crecido –dijo ella con dolorosa honestidad.

–Puedes irte –indicó él, comenzando a desabotonarse la camisa–. He tenido un viaje muy largo. Estoy cansado. Voy a ducharme y a dormir.

Lucy no estaba dispuesta a eso.

Podía desempeñar el papel de víctima pasiva e irse de su dormitorio, pero no pensaba hacerlo. Por primera vez en su vida, decidió tomar el control de la situación.

–¿Y si decido que quiero quedarme?

Dio se quedó paralizado con la mano en el botón de la camisa. Sonrió, sorprendido por la expresión desafiante de su mujer, que tenía la barbilla alta y los ojos cerrados con fuerza.

–¿Qué dices?

–Sabes qué digo.

–Me gustan las cosas claras, sin juegos...

–Tengo curiosidad, ¿de acuerdo?

–¿Curiosidad por qué? –preguntó él con voz sensual y una sonrisa de satisfacción.

–Cómo sería... contigo...

–¿Aunque llevas meses actuando como la reina del hielo?

–He sido muy amable con tus clientes.

–Quizá me hubiera gustado que me dedicaras a mí alguna de esas sonrisas –murmuró él y siguió desabotonándose la camisa, despacio, bajo la atenta mirada de ella.

Lucy estaba muy excitada. Llevaba soñando con ese momento durante demasiado tiempo, aunque había estado ocultando su deseo bajo gruesas capas de resentimiento y autocompasión.

Lo contempló mientras se quitaba la camisa y contuvo el aliento ante su pecho ancho y fuerte.

–Así que tienes curiosidad... –dijo él, animado, excitado... y con una poderosa erección.

Lucy se quedó sin habla, contemplando su piel morena, su musculoso torso. Asintió, sin molestarse en apartar la vista.

–Te confieso que yo también tengo curiosidad –admitió él, disfrutando como un niño de cómo ella abría los ojos de par en par, devorándolo con la mirada–. Creo que es hora de que me devuelvas el favor...

–¿Eh?

–Ahora te toca a ti –dijo él–. Es tu turno de quitarte la ropa.

–¿Quieres que...?

–Somos marido y mujer –le recordó él–. Un poco de piel desnuda no debería escandalizarnos.

–Odio cuando me vienes con ese cuento de que estamos casados –se quejó ella.

–¿Por qué? –preguntó él con una sonrisa pícara y viril.

–No te hagas el tonto conmigo –repuso ella, aunque sonrió también.

Lucy se incorporó en la cama. Le temblaban las manos. Dio no tenía ni idea de que era la primera vez que se iba a desnudar delante de un hombre. Estaba atenazada por los nervios, pero no quería dar marcha atrás. Ansiaba seguir adelante y comprobar adónde le llevaba ese camino.

De todos modos, tembló como una hoja cuando se quitó la camiseta por la cabeza y la tiró al suelo.

Dio la estaba observando con los brazos cruzados con el interés de quien contempla un striptease profesional.

Ella cerró los ojos, se llevó las manos a la espalda, se desabrochó el sujetador y se lo quitó también.

–Puedes abrir los ojos –indicó él con voz sensual. Tuvo que hacer un esfuerzo para hablar porque, solo de verla, se quedaba sin habla.

Le encantaba tenerla en su cama. ¡Cómo deseaba lanzarse sobre ella, tomarla, saciarse con su cuerpo! Era una imagen cautivadora. Pálida, esbelta, con pequeños pechos de pezones erectos y rosados.

Lucy abrió los ojos y lo miró con timidez. No tenía ni idea de cómo había reunido el valor para hacer lo que acababa de hacer. Sin embargo, solo con leer el ardiente deseo en los ojos de él, recuperó toda su confianza. Posó la vista en sus pantalones y, después, en su cara.

Dio rio.

–Así que mi preciosa esposa de hielo quiere... –susurró él, mientras se desabrochaba despacio la cremallera del pantalón.

Lucy se quedó mirándolo con ojos como platos cuando se despojó del pantalón y los calzoncillos.

–Ahora es tu turno... Luego podrás tocar –indicó él.

Ella respondió con una respiración entrecortada, ardiente. Si seguía haciendo esos ruidos, Dio no se hacía responsable de sus actos.

Sin dejar de mirarlo a los ojos, Lucy se bajó los vaqueros y se quedó solo con la ropa interior.

–Deja que te sienta primero –dijo él y deslizó una mano entre sus piernas para tocar sus húmedos pliegues.

Con un largo gemido, Lucy abrió las piernas.

De pronto, ella olvidó su falta de experiencia.

Pronto, él lo descubriría...

Capítulo 6

DIO se colocó encima de ella y la contempló. Tenía los dedos mojados por haberla tocado. La sujetó de la barbilla con suavidad para que lo mirara. Quería poseerla con rapidez, sin preámbulos. Estaba tan excitado que apenas podía respirar... Pero notaba que ella estaba muy nerviosa. Por eso, con un suspiro de resignación, se tumbó a su lado y se apoyó sobre un codo.

–Dime que no te estás arrepintiendo –murmuró él.

Lucy estaba perdiendo su autoconfianza a marchas forzadas. Su marido era el hombre más atractivo que había visto y su desnudez superaba con creces todas las fantasías sexuales que había tenido con él. Era un hombre imponente. Su estómago era plano y musculoso. Sus hombros anchos y fuertes. Pero, ante su viril perfección, se sentía muy insegura por su falta de experiencia.

Dio debía de haberse acostado con infinitas mujeres. Era obvio por lo cómodo que parecía sentirse. Era un hombre acostumbrado a que las féminas lo devoraran con la mirada.

–No, claro que no –respondió ella con la boca seca, conteniéndose para no tomar sus ropas y salir corriendo.

Dio la sorprendió con una paciencia inesperada. Su voz sonó suave y comprensiva.

–Entonces, ¿a qué se debe tu repentina reticencia? –quiso saber él, trazándole círculos en un pecho con la punta del dedo. Cuando el pezón se le endureció, inclinó la cabeza para lamérselo.

Lucy contuvo el aliento.

–Yo... solo es que... nunca pensé que nos encontraríamos en esta situación –confesó ella, casi deseando que volvieran a levantarse las familiares barreras que siempre había habido entre los dos.

–Ni yo. Aunque eso no quiere decir que no tuviera ganas.

–Tengo miedo de que, al verme sin ropa, no sea lo que tú esperabas –admitió ella con una risa nerviosa.

–¿Por qué dices eso?

–No soy una mujer voluptuosa. Tengo poco pecho. En el colegio, era la más plana de mi clase. Apenas necesito llevar sujetador. Sé que a los hombres les gustan las mujeres con senos grandes.

–¿Ah, sí? –repuso él y, cuando se metió su pezón el la boca, notó cómo ella se derretía.

–Sí. Son la clase de mujeres que salen en las revistas para hombres.

–A mí no me interesan esas revistas. ¿De qué sirve mirar la foto de una mujer, cuando puedes estar en la cama con otra? –dijo él con sinceridad. En realidad, no había previsto que se pusieran a hablar. ¿Qué tenía que ver el sexo con tanta charla?

De hecho, él nunca había mezclado las cosas. El sexo había sido siempre solo eso para él.

Solo había utilizado a las mujeres como agradables paréntesis en su vida estresante. Nunca se había interesado emocionalmente por ninguna. Por eso, las conversaciones profundas habían estado, hasta entones, fuera de lugar.

Contra todo pronóstico y toda lógica, Lucy había sido la única mujer que había logrado calarle hondo. Nunca se había preguntado por qué. Quizá fuera porque era la única mujer que no se había lanzado de cabeza a su cama.

Por alguna razón incomprensible, en todo ese tiempo, Dio no había sido capaz de ver su matrimonio como una farsa sin más. Incluso le había vuelto loco de impotencia y de rabia el que ella no se hubiera preocupado por si él le había sido infiel o no.

Y, en ese momento, justo cuando la tenía desnuda a su lado, ella quería hablar.

¿Por qué no?

Otra cosa que Dio no entendía era su falta de seguridad en sí misma. Había sido una niña mimada, la hija única de unos padres adinerados. Sí, era cierto que su padre no había sido mejor que un criminal común, pero, de todas maneras, a Lucy nunca le había faltado de nada. Su selecta educación la había dotado de un talento especial para manejarse en los eventos sociales como pez en el agua.

Él nunca había imaginado que la confianza en sí misma que había exhibido en público se desvanecería en la intimidad de un dormitorio.

Con reticencia y curiosidad, se preguntó adónde quería Lucy llegar con esa conversación.

–¿Tienes idea de lo difícil que es esto para mí?

–¿Qué? –replicó ella, sonrojándose.

–Sentir tu delicioso cuerpo pegado a mí. Bueno, creo que puedes hacerte una idea de lo difícil que es para mí porque mi erección me delata. Lo dice todo.

–Es muy... grande –susurró ella.

–Lo tomaré como un cumplido –dijo él con una sonrisa.

–Quiero decir que... ¿nunca te ha dado problemas?

–¿Qué quieres decir? –preguntó él, frunciendo el ceño–. ¿Por qué? El cuerpo de una mujer está preparado para albergar a un hombre de mi tamaño.

–Hay algo que creo que debes saber –murmuró ella con el corazón acelerado–. No tengo tanta experiencia como crees.

–Nunca pensé que fueras la clase de mujer que se acuesta con todos.

–No lo soy. De hecho, no me he acostado con nadie.

–¿Me estás diciendo que nunca has hecho el amor antes? –inquirió él, apartándose unos centímetros para mirarla mejor a los ojos.

–No es algo tan raro –se defendió ella con gesto desafiante.

Dio se quedó callado unos momentos. Mientras, ella se preguntó si estaría inventando una excusa para zafarse de la situación.

–¿Y cómo es eso?

–Yo... no me siento cómoda hablando de esto. Solo pensé que... creí que deberías saberlo antes... –balbuceó ella con una risa nerviosa–. Si te decepciono, así sabrás por qué.

Dio se sentó en la cama.

Su esposa era virgen. Era algo incomprensible. ¿Cómo había logrado mantenerse inmune a los hombres, con lo atractiva que era? ¿Por qué lo había hecho?

Avergonzada, Lucy se cubrió con la sábana.

Aquello era una pesadilla. ¿Cómo había podido dejarse llevar de esa forma?, se reprendió a sí misma. Dio era un hombre experimentado. No tenía ningún interés en las vírgenes y, menos, en sujetarla de la mano con ternura después de haberle quitado la virginidad.

Sin molestarse en cubrirse, Dio se sentó en una silla, junto a la ventana.

–¿Cómo puede ser? –quiso saber él–. Y no me digas que no te sientes cómoda con esta conversación, por favor.

–Nunca se me presentó la oportunidad –dijo ella, sonrojándose.

De ninguna manera, Lucy iba a confesarle que había crecido siendo testigo de lo mucho que había sufrido su madre por el egoísmo y los abusos de su padre. No iba a contarle que, hacía años, se había jurado acostarse solo con un hombre al que amara de verdad.

–¿Los chicos no trepaban por tu ventana en el internado para divertirse con las pobres vírgenes inocentes?

Su tono de humor ayudó a que Lucy se relajara.

–Nada de eso. Nuestro internado estaba muy bien vigilado.

Lucy bajó la vista, notando cómo él la penetraba con la mirada.

–Supongo que tu padre era muy protector con su pequeña.

Lucy se encogió de hombros. Sí, su padre siempre había desaprobado a los chicos con los que había intentado salir. Pero, más que para protegerla, lo había hecho porque ninguno había estado a la altura de su clasista baremo.

En retrospectiva, reflexionó que ninguno de esos chicos había tenido respaldo suficiente en sus cuentas bancarias para cubrir el agujero que Robert Bishop había dejado en su compañía. Dio había sido el único que había servido para eso, a pesar de que no había provenido de una familia con pedigrí.

Dio la observó con atención, lleno de curiosidad por qué estaría pasándole por la cabeza.

–Si quieres dar por terminado el día ahora mismo, lo entiendo –dijo ella–. De todas maneras ha sido una idea estúpida. No podemos compartir una luna de miel y fingir que todo lo que ha pasado entre nosotros nunca sucedió.

–Te sorprendería comprobar lo contrario –murmuró él.

Despacio, Dio se acercó a la cama. Su mujer era virgen. Aquella revelación despertaba su más fiero instinto de posesión. De pronto, entendió todas esas miradas nerviosas y tímidas. Jamás lo habría adivinado. Se había dejado engañar por la imagen de compostura y frialdad de la esposa perfecta y elegante.

–Me sorprende pensar que nunca hayas hecho el amor con otro hombre. Estoy confundido, tal vez, pero no decepcionado. En absoluto.

Su voz sonaba grave y ronca, sus ojos estaban llenos de deseo.

–¿Pero puedo preguntarte una cosa? –añadió él, se sentó en la cama y, despacio, retiró la sábana con la que ella se había cubierto–. ¿Por qué hacerlo con el marido del que quieres divorciarte?

Buena pregunta, se dijo Lucy, ensordecida por el latido de su propio corazón.

–Me gustas.

–¿Y eso es suficiente?

Lucy pensó que podía preguntarle lo mismo acerca de ella. Sin embargo, los hombres eran distintos a las mujeres. No necesitaban sentir nada especial por una chica para acostarse con ella.

Dio podía utilizarla, no sentir nada por ella, ni siquiera afecto... y, aun así, no tener ningún problema en hacerle el amor. Además, él pensaba que era un derecho que le correspondía, después del contrato de matrimonio que habían firmado.

Debería odiarlo por haberla usado de esa manera, por ser esa clase de hombre, se dijo Lucy. Pero algo dentro de ella le recordaba que la atraía demasiado...

Era algo que, ni en sueños, pensaba admitir delante de él.

–¿Por qué no? –replicó ella.

Dio frunció el ceño. Su matrimonio había sido poco más que una transacción financiera, aun así, por alguna razón, su actitud le molestaba.

–Era joven cuando me casé contigo, Dio. Ahora solo tengo veinticuatro. Cuando nos conocimos, yo acababa de terminar mis licenciatura en Matemáticas y no tenía mucho tiempo para salir con hombres.

–¿Fui el primer hombre que te gustó?

–Eres muy atractivo.

Dio entendía cada vez menos por qué ella se había retirado a su torre de marfil en el momento en que habían intercambiado las alianzas.

–Entonces, ¿por qué has esperado hasta ahora?

–Igual, porque he descubierto que me parezco a ti más de lo que quería admitir –dijo ella, sintiéndose como si estuviera caminando sobre una fina capa de hielo–. Ahora que vamos a divorciarnos...

–Eso todavía tenemos que hablarlo.

–Conozco las condiciones y las acepto –señaló ella–. Ahora que vamos a separarnos, ¿por qué negar que te encuentro atractivo? Tiene sentido acostarme contigo. Como tú has dicho, no será un sacrificio.

La forma en la que ella hablaba, con tanta frialdad, le ponía a Dio de los nervios, a pesar de que no podía estar más de acuerdo con todas sus palabras.

–¿Y si te dijera que puedes obtener el divorcio con una sustanciosa pensión económica sin necesidad de acostarte conmigo? –preguntó él, de pronto.

Lucy lo miró sorprendida.

–¿Lo dices en serio?

–¿Y si fuera así?

Cuando le había puesto a Lucy esa condición, Dio no había tenido ningún remordimiento. Al fin y al cabo, ¿qué otra cosa se merecía una mujer que lo había utilizado, relegándolo a un matrimonio sin sexo durante un año y medio?

Sin embargo, en ese momento, le irritaba sobremanera pensar que iba a acostarse con él solo porque la había tentado con el dinero. Ella decía que le resultaba atractivo. ¿Pero se iría a la cama con él si no fuera por el aliciente económico?

Aunque no le gustaba nada la dirección que estaban tomando sus pensamientos, Dio era incapaz de pararlos.

–Eres libre de irte con tu dinero, Lucy, y no tendrás que acostarte conmigo como parte del trato –dijo él, se tumbó y se quedó mirando al techo. Hacer lo correcto, sin embargo, no le hizo sentir mejor.

–¿Sí?

–Saca tus cartas, querida esposa –sugirió él con acidez. Aunque seguía mirando al techo, era tremendamente consciente de que Lucy estaba desnuda a su lado.

–Cuando te dije que quiero acostarme contigo, lo decía en serio. El dinero no es la única razón.

Dio inclinó la cabeza para mirarla, invadido por una incontrolable sensación de triunfo.

–¿Quieres decir que me estás utilizando? –preguntó él, posando los ojos sin ningún pudor en el hermoso cuerpo de Lucy, a pesar de que tenía que hacer un esfuerzo monumental para no tocarla.

–¿Y si te dijera que sí?

–Tendría que aceptarlo –murmuró él–. Ahora, túmbate. No creo que haya hablado tanto antes de hacer el amor en toda mi vida.

Lucy cerró los ojos y obedeció. Se estiró como un felino satisfecho, arqueando la espalda y levantando los pechos.

Con un gemido, Dio le recorrió el cuello con sus besos, bajó a las clavículas y, sintiéndose en el cielo, se metió uno de aquellos pezones dulces y rosados en la boca. Succionó con placer, haciendo que ella se deshiciera en gemidos.

Con cuidado, le acarició el otro pecho y jugueteó con su pezón antes de sumergirse en él.

Aunque era una agonía para Dio ir tan despacio, no podía olvidar que era virgen. Su esposa virgen. Aquel pensamiento lo incendió a todos los niveles, anidando en el centro de su masculinidad.

Despacio, se colocó sobre ella y le abrió las piernas.

Estaba tan excitado que apenas podía respirar. Si empezaba a susurrarle todo lo que quería hacer con ella, llegaría al orgasmo allí mismo.

Era la primera vez para ella y, de alguna manera, también era algo nuevo para él. Al notar cómo su mujer se esforzaba para no temblar, una inesperada ternura lo invadió.

Le lamió, succionó y besó el otro pezón, hasta que ella comenzó a retorcerse y arquearse, agarrándolo del pelo con fuerza para apretarlo contra su pecho.

Sujetándola de las caderas, Dio siguió besándola por las costillas, el estómago, el ombligo...

Lucy abrió los ojos de golpe cuando la boca de él llegó a la cara interna de su muslo.

–Dio...

Él levantó la vista y sonrió.

–¿Qué?

–Yo... yo...

–Relájate. Confía en mí. Vas a disfrutar de que te bese ahí abajo –aseguró Dio, inspirando su aroma–. Y no cierres los ojos –ordenó–. Quiero que me mires cuando empiece a lamerte.

Lucy gimió, mientras su imaginación levantaba el vuelo. Estaba empapada, lo deseaba demasiado. No podía creer que se hubiera pasado tantos meses evitando a ese hombre que podía hacerle cosas tan maravillosas.

Observó cómo Dio se colocaba entre sus piernas y la sujetaba con suavidad de los muslos para asegurarse de que estuviera abierta para él.

Con delicadeza, deslizó la lengua entre sus pliegues para deleitarse enseguida con el botón del clítoris.

Era un placer exquisito.

Lucy quería mantener los ojos abiertos para ver cómo él se movía entre sus piernas, pero no pudo.

Echó la cabeza hacia atrás y arqueó la espalda como respuesta instintiva.

Cuando Dio le introdujo un dedo, sin dejar de succionarle el clítoris, Lucy no pudo contenerse más.

Abrumadoras oleadas de placer la recorrieron. Ella quería más... quería que la poseyera por completo... Pero, con un gemido estremecedor, se dejó llevar en los brazos del clímax.

Llegó al orgasmo en la boca de él, gritando, agitándose sin control.

–Lo siento –dijo ella cuando, poco a poco, bajó de su nube de placer. Avergonzada apartó la vista.

Dio se incorporó sobre ella y la sujetó de la barbilla para que lo mirara.

–Solo dime si te ha gustado.

–Ya sabes que sí –susurró ella–. Pero debería haber podido contenerme. No debería haber llegado al orgasmo... no así... no, cuando quiero tenerte dentro...

–Yo quería ofrecerte un orgasmo, Lucy. Esto es solo el preámbulo.

–Es bastante impresionante –admitió ella, conmocionada todavía.

–Estás tan mojada que podré deslizarme dentro de ti con facilidad. Lo haré con cuidado. No quiero lastimarte.

A Lucy le llamó la atención que aquel hombre tan poderoso y tan implacable en los negocios fuera capaz de tanta ternura bajo las sábanas.

Aunque eso debía de ser común en los amantes experimentados, se dijo. No debía subirlo a un pedestal, ni dejarse llevar por las novedosas sensaciones que la invadían, se advirtió a sí misma.

Dio le había dicho que confiara en él y que no quería hacerle daño. Sin embargo, algo dentro de ella le gritaba que tuviera cuidado.

Dio ya le había hecho daño con anterioridad. Se había casado con ella solo para usarla como escalón a la alta sociedad. Su padre se lo había dejado muy claro. Él era el culpable de que fuera una cínica que ya no creía en el amor. Más le valía no olvidarlo. Lo más importante era que cuidara de sí misma.

Lucy quería el divorcio. Quería librarse de un matrimonio que era una farsa. Y él no le había puesto reparos. La deseaba pero, una vez que tuviera lo que quería, estaba dispuesto a librarse de ella y seguir con su vida. Tal vez, encontraría a una mujer a la que amara de verdad y con la que quisiera tener hijos.

Esa mujer nunca sería ella, se recordó a sí misma.

¡Pero qué difícil era ordenar sus pensamientos cuando estaba desnuda a su lado!

Ardiente de deseo, Lucy se apretó contra su cuerpo.

–Dime qué debo hacer –le susurró ella.

–No hagas nada más que lo que te apetece. Déjate llevar. En eso consiste hacer el amor.

Aunque asustada, Lucy asintió con sumisión. Enseguida, sin embargo, cuando él empezó a besarla, dejó de pensar y dejó de tener miedo.

Mientras sus lenguas se entrelazaban, ella alargó el brazo para tocar su erección, enorme y dura. Sin embargo, no la intimidó. Sabía que Dio iba a ser suave.

Tampoco se arrepentía de nada. ¿Qué más daba si aquello no tenía sentido?, se dijo Lucy. ¿Qué más daba si su marido le había ofrecido el divorcio sin chantaje? Le había dicho que podía irse sin que le faltara dinero y ella lo creía.

Pero, si se iba así, se pasaría toda la vida preguntándose cómo habría sido acostarse con su marido, cómo habría sido tocarlo.

No. Estaba haciendo lo correcto, pensó ella.

Dio le sujetó un pezón y jugó con él, acariciándoselo sin dejar de besarla.

Luego, muy despacio, bajó la mano y la colocó entre sus piernas. Con suavidad, comenzó a tocarla, hasta hacer que se retorciera de placer.

Lucy quería que la tocara en más profundidad, pero también ansiaba saborearlo a él.

Agachó la cabeza e hizo algo que no había hecho nunca. Lo tomó en su boca y, cuando empezó a lamerlo, oyó que él contenía la respiración. Lo recorrió con la lengua, succionó, llenándose la boca con él, sintiendo cómo la erección crecía más y más con sus atenciones.

En esa ocasión, fue Dio quien estuvo a punto de alcanzar el clímax, aunque fue capaz de contenerse. Se apartó antes de que Lucy le hiciera llegar al orgasmo solo con su boca.

Sus cuerpos estaban empapados de sudor.

–No estés nerviosa –le susurró él, acomodándose entre sus piernas.

–No estoy nerviosa –contestó ella. Al notar la dureza de su erección, se estremeció de excitación y aprensión.

–¿No?

Lucy sonrió.

–Bueno, tal vez, un poco –admitió ella. Sin embargo, por alguna razón, aunque Dio era un hombre que podía intimidar a cualquiera, sabía que podía confiar en él.

–Estás muy mojada –murmuró él, mientras tomaba

el preservativo con manos temblorosas de deseo. Entonces, la penetró, notando cómo ella se expandía para darle cabida. Tuvo que contenerse con toda su fuerza de voluntad para no penetrarla hasta el fondo en ese mismo instante–. Te va a gustar...

–Ya me gusta –confesó ella. Intuyó que Dio se estaba conteniendo para ir despacio, algo a lo que su marido no estaba acostumbrado cuando se trataba de conseguir lo que quería. No era su naturaleza. Pero lo estaba haciendo con ella, penetrándola con suaves y pequeñas arremetidas.

–Me alegro.

Cuando Dio empezó a susurrarle al oído todas las cosas que quería hacerle, Lucy se sintió cada vez más excitada. Enseguida dejó de estar nerviosa. Lo único que quería era sentirlo por completo dentro de ella.

Al percibir que su mujer estaba al borde del orgasmo, él dio gracias silenciosas, pues le estaba resultando una terrible tortura contenerse.

La penetró con firmeza, en profundidad, entrando en un ritmo más rápido que lo llevaba sin remedio al clímax

Lucy nunca había imaginado que el sexo pudiera ser tan placentero. Él tenía razón. Había encajado dentro de ella como un guante. Como si sus cuerpos hubieran sido hechos el uno para el otro...

Mientras él seguía moviéndose, más y más profundamente, ella le clavó las uñas en la espalda, sintiéndose como si sus cuerpos formaran uno solo. Era indescriptible.

Una andanada del más puro éxtasis la invadió. Un mar de deliciosas sensaciones dejó fuera de combate a su lado racional. Cada centímetro de su piel estaba ardiendo, hasta que, al fin, el tsunami de placer fue amainando en suaves olas. Poco a poco, los espasmos de gozo cesaron, dejándola saciada y jadeante.

Con la mente todavía empañada, Lucy se aferró a él. La recorría un ardiente cosquilleo por todo el cuerpo y, al mismo tiempo, se sentía débil como una gatita.

–¿Lo has disfrutado? –preguntó él. Por alguna razón, no tuvo la urgencia de salir de la cama de inmediato, como solía pasarle después de tener sexo. Quizá fuera porque uno no se acostaba con una virgen todos los días, se dijo.

–Ha sido precioso.

–¿Precioso? –se burló él con una sonrisa y le quitó un mechón de pelo empapado en sudor de la frente–. Yo diría que ha sido sensacional... –añadió. Encima, Lucy se había ofrecido a él por voluntad propia, sin estar sometida a ningún chantaje ni presión.

Cuando Lucy iba a desenredarse de su abrazo, Dio se lo impidió.

–Así que ya hemos hecho el amor, ¿no?

Había sido fácil no pensar mientras había estado en los brazos de la pasión, pero poco a poco Lucy empezó a darle vueltas a lo que acababa de pasar.

Había sido su primera vez y, sin duda, había sido sensacional. Aunque para él debía de haber sido solo rutina. Incluso había establecido un tiempo límite para su relación sexual. Dio anticipaba que en diez días se aburriría de ella. Quizá, debería controlarse un poco, se dijo, y dejar de actuar como una ingenua.

Sus respuestas físicas estaban fuera de control, era cierto, reconoció Lucy. Pero ya no era la tonta romántica que había sido. Debía mostrarse dura.

–Sí, creo que sí –repuso él con voz grave y sensual.

–¿Dirías que ya hemos zanjado el asunto que te-
níamos pendiente? –preguntó ella, fingiendo ligereza.

–¿Tú qué crees? –murmuró él. De pronto, comprendió que no estaba preparado para dejarla marchar
todavía. Con gesto posesivo, posó la mano entre las
piernas de su mujer–. Has tenido tu oportunidad de
irte, querida esposa, y has decidido no hacerlo. Entonces, nos quedan diez días de gozo marital, antes de
separarnos. Como te he dicho antes, Lucy, no será
ningún sacrificio para ninguno de los dos...

Capítulo 7

LUCY miró por la ventana mientras el avión dejaba atrás las nubes y el mar brillaba a sus pies. Al principio, Dio había pensado llevarla de safari, pero luego había decidido que pasar una semana haciendo el amor con ella en la playa era la mejor idea.

–¿Por qué dejar que los elefantes y los leones interrumpan nuestro viaje de iniciación? –le había susurrado él con un brillo en los ojos–. Las vacaciones repletas de actividades están bien, pero ahora lo que me apetece es realizar actividades solo en la cama, contigo...

Su luna de miel, sin embargo, no se parecería en nada a lo que Lucy había imaginado en los días previos a la boda. Sería solo algo físico. Solo explorarían y descubrirían el cuerpo del otro, pero nada más.

Después de la primera vez, habían hecho el amor varias veces más. Dio había dormido abrazándola con fuerza y le había dicho que había querido despertarse con ella por la mañana.

Lucy se había quedado a su lado y habían vuelto a hacer el amor por la mañana.

Aunque ella sabía que aquello no conduciría a nada y que su acuerdo podía romperle el corazón, no se sentía capaz de apartarse de él.

Dio se había apresurado a planear su viaje de luna de miel. No quería desaprovechar un solo día, teniendo en cuenta que pronto tendría que volar a la otra punta del mundo para seguir ocupándose de sus negocios. Cuando llegara ese momento, la despacharía sin mirar atrás.

Estaban a punto de aterrizar en el Caribe, en una de las casas que él poseía y ella no había visto nunca. No era una residencia muy bien localizada para entretener a los clientes, que solían utilizar más sus propiedades en las grandes ciudades.

—¿Emocionada? —preguntó Dio, después de cerrar su portátil.

Se había pasado todo el viaje trabajando, a pesar de que el aroma de Lucy y la sensación de tenerla próxima le había dado la poderosa tentación de hacer el amor sobre las nubes.

El sexo entre ambos era explosivo, se dijo él. Estaba ansioso por llegar a su casa, a la cama.

Aparte de eso, no estaba dispuesto a perder la perspectiva sobre aquel pequeño capítulo de su vida. Era imperativo mantenerse firme. Seguir sus impulsos físicos estaba bien, siempre que eso no afectara a su principio elemental: el trabajo era lo primero.

—Es la primera vez que voy al Caribe —admitió ella.

—¿Sí?

—De hecho, no he viajado mucho —explicó ella. Su padre no había tenido nunca ganas de pasar demasiado tiempo en familia, esa era la razón, aunque se la guardó para sus adentros.

—Me sorprendes —murmuró él—. Pensé que tu familia y tú conoceríais todos los paraísos vacacionales de los ricos.

—La vida está llena de sorpresas —comentó ella, encogiéndose de hombros.

–Ya veo.

–Bueno, volviendo a lo que me preguntaste... Sí estoy emocionada. Tengo muchas ganas de conocer la isla –señaló ella y, cuando sus ojos se encontraron, la recorrió un escalofrío de excitación.

–¿Eso es lo único que te emociona?

Lucy enrojeció. Recordó la intimidad de sus caricias, la forma en que la había hecho llegar al orgasmo. Lo más probable era que Dio estuviera acostumbrado a recibir elogios de las mujeres, pero ella se negaba a hacerlo.

–Cuéntame cómo es la casa –pidió ella, un poco sin aliento.

–¿Qué quieres saber? –replicó él, rompiendo contacto ocular–. Fue lo primero que me compré cuando reuní mi primer millón. Desde entonces, he reunido unas cuantas propiedades más, como sabes bien.

Lucy lo sabía, pues había cuidado de ellas como si fuera la empleada de su marido. Su comentario le sirvió de recordatorio de sus respectivos roles y del juego que estaban jugando.

–Tienes razón –continuó ella con voz sensual–. La casa y la isla no son las únicas cosas que me emocionan de este viaje...

Dio rio con satisfacción. El lenguaje del deseo era el que mejor entendía.

Desembarcaron en un momento. Dio no podía dejar de fantasear con lo que pensaba hacer con su mujer en cuanto entraran en la casa. Se había asegurado de que el lugar estuviera limpio, aireado y provisto de suficiente comida y bebida como para que no tuvieran que salir. Tenía a una persona empleada para que cuidara de su casa y los jardines.

Lo cierto era que estaba ansioso por saciar su libido, dormida durante demasiado tiempo. Sin duda, el hecho de no haber sentido deseo ninguno por las mujeres que habían intentado acercarse a él en el último año y medio debía de explicarse por la fascinación que todavía sentía por su oportunista esposa.

La vida estaba llena de sorpresas, sí. Y, aunque no era un hombre amante de lo inesperado, Dio planeaba disfrutar del momento al máximo.

Luego... el divorcio.

Tenía sentido, se dijo a sí mismo, tratando de sofocar el sentimiento de frustración que acompañó a ese pensamiento. Se había casado con ella porque le había gustado, porque había pensado que una esposa sería un accesorio útil y, por supuesto, porque le había parecido una compensación apropiada por el daño que Robert Bishop le había hecho a su padre.

Sin embargo, el sabor de la victoria había sido demasiado amargo. No se había casado con una mujer con la que acostarse. Se había casado con alguien que solo había querido manipularlo.

Por eso, tenía que deshacerse de ella.

Una vez que saciara su deseo, acabaría con su fallido matrimonio.

Y los dos podrían volar libres.

Mientras recorrían las calles de la isla, bordeadas por cocoteros, con vistas al mar azul turquesa, Dio admiró la belleza de la isla que había elegido para albergar su primera casa de vacaciones.

Era una isla pequeña, pues podía recorrerse de una punta a otra en un par de horas.

Y Lucy...

Era tan bella como el paisaje. También era excitante verla tan entusiasmada. Nunca la había visto tan emocionada en el resto de las mansiones que había tenido a su disposición. Parecía una niña en una juguetería.

¿Cómo era posible que nunca hubiera viajado al Caribe? ¿No era uno de los destinos principales de los más ricos?

Tal vez, las vacaciones familiares no habían estado en el menú en la infancia de Lucy. Quizá, su padre había estado demasiado ocupado bebiendo y metiendo las manos en el dinero de los demás como para llevarla a ningún sitio.

Había una suave brisa, cargada de olor a mar y a flores.

En los veinte minutos que tardaron en llegar a casa, adelantaron tres coches y a muchas personas a pie. La economía de la isla se basaba en el turismo. Por eso, el camino estaba salpicado de mansiones lujosas y de varios hoteles exclusivos. El centro de la ciudad era muy colorido y animado.

Dio le había encargado a su secretaria que les preparara el vestuario y que lo tuviera todo esperándolos en la habitación cuando llegaran.

Una nueva experiencia merecía nuevas ropas. Era sencillo.

–Vaya, Dio, esto es espectacular –dijo ella, cuando llegaron. Nunca había visto nada igual. La casa estaba rodeada de jardines tropicales con cocoteros y un camino conducía a una cala privada. Una bonita terraza bordeaba el edificio, adornada con flores de muchos colores. El cielo azul, el mar, los exuberantes jardines... Era perfecto, pensó.

–Me hubiera gustado venir antes –comentó ella

con cierto aire nostálgico–. Habría sido un buen cambio de las mansiones en la ciudad.

–Creciste en Londres. Pensé que eras una chica de ciudad.

–La familia de mi madre viene de Yorkshire –explicó ella–. Era hija única, pero siempre estuvo muy unida a su prima, después de que sus padres murieran.

A Dio le llamó la atención el súbito tono tenso de Lucy.

¿Acaso ella se estaba arrepintiendo? No era buena señal que hubiera vuelto a echar mano de su indumentaria de esposa de un hombre rico. Llevaba puesta una blusa de seda, unos pantalones amplios, algunas joyas y maquillaje.

A Dio le irritaba verla así.

No quería tener una aventura sexual de diez días con la mujer con la que había estado durante los últimos meses. Quería hacerlo con la chica natural y espontánea que había encontrado en aquel viejo edificio de las afueras de Londres.

–Entonces, pasabas las vacaciones familiares en Yorkshire...

–Solía ir mucho con mi madre.

–¿Y os quedabais en la casa familiar?

–Ya no era nuestra. Nos quedábamos con la tía Sara.

–Entiendo –dijo él y se preguntó dónde habría estado Robert Bishop durante esas vacaciones de Lucy–. No recuerdo que hubieras ido a Yorkshire durante nuestro matrimonio.

–Bueno, no nos veíamos mucho tú y yo, ¿verdad? La mayor parte del tiempo estabas fuera, ¿recuerdas?

–Pues ya es hora de que compartamos tiempo juntos...

Lucy no esperaba que en esos días que había aceptado pasar con él fueran a conversar mucho. Teniendo en cuenta que ella siempre había dado gran valor a la calidad de las relaciones sentimentales, le sorprendía lo ansiosa que estaba por sumergirse en la oportunidad que se le presentaba de tener sexo sin más. Sin amor, sin sentimientos de por medio.

Era extraño, pero no podía evitarlo.

–¿Entramos? –propuso ella, cambiando de tema. Dudó si debía representar el papel de gatita caliente que él esperaba–. Me muero por ver la casa. Además, estoy cansada y muerta de calor.

–Te mostraré el camino.

Dentro, era todo tan exquisito como fuera. Suelos de madera, cortinas de suave muselina flotando con las ventanas abiertas, muebles de bambú. Una escalera conducía a espaciosos dormitorios y baños en la planta de arriba.

Dio había hecho que alguien tuviera preparada la casa para su ocupación inmediata, aunque al parecer también se había asegurado de que no hubiera nadie a la vista cuando llegaran. Había un pequeño Jeep, por si querían ir al pueblo o explorar otras playas, y suficiente comida y vino para dos semanas.

Era un paraíso de lujo y comodidad. Lucy debía de haberlo tomado con naturalidad, pues ya estaba acostumbrada a las demás propiedades de su marido. Sin embargo, mientras recorría la villa, no podía evitar quedarse boquiabierta.

Le encantaba cada detalle, desde los muebles a lo espacioso que era todo, la luz y las vistas al mar azul.

Pasaron por cuatro enormes dormitorios hasta llegar al que compartirían.

El sonriente chófer que los había llevado allí desde el aeropuerto había dejado su escaso equipaje sobre la cama extragrande con dosel. Entonces, contemplando el que sería su cuarto durante esas vacaciones, Lucy se dio cuenta de algo...

Era su luna de miel. Estaba con su marido y, aunque su boda había sido una broma cruel, no podía dejar de sentir un emocionante escalofrío de anticipación al mirar su rostro moreno y sensual.

Lucy se acercó a una de las ventanas abiertas e inspiró la brisa del mar, admirando el paisaje.

–¿Sobrevivirás diez días enteros sin tener un ejército de empleados a tus órdenes? –preguntó ella, volviéndose hacia Dio.

–Estoy dispuesto a hacer ese sacrificio, a cambio de que nadie pueda molestarnos –repuso él y, con una sonrisa llena de picardía, se desabrochó la camisa–. Ven.

Lucy caminó despacio hasta él. Dio la abrazó, envolviéndola con su aroma como un poderoso afrodisiaco.

No importaba lo mucho que se repitiera a sí misma que no era una luna de miel real. En ese momento, le parecía lo más real del mundo.

Deseaba a ese hombre con todas sus fuerzas.

Dio ladeó la cabeza y la besó. Sus lenguas se entrelazaron sin prisa, apasionadamente.

–Debes de tener calor con esa ropa –comentó él.

Lucy estaba ardiendo, pero no tenía nada que ver con lo que llevaba puesto.

–Creo que tenemos que bañarte...

–¿Quieres que nos duchemos... juntos?

Riendo, Dio la llevó a un enorme cuarto de baño en tonos color arena.

–Quítate la ropa. Ya –ordenó él y se sentó en un

sofá con las piernas cruzadas y aire indolente, el pecho desnudo y musculoso.

–No puedo.

–¿Por qué no?

–Tengo pánico escénico.

Echando la cabeza hacia atrás, Dio rio con ganas.

–Mi novia virgen –murmuró él, recorriéndola con la mirada–. ¿Y si rompo el hielo? –propuso, se levantó y se desnudó con un rápido movimiento.

–Me haces sentir como una tonta –dijo ella, mientras Dio se acercaba, excitado y con una sonrisa llena de seguridad en sí mismo.

–Tócame.

Lucy tomó su erección entre los dedos, llena de excitación. Se le aceleró el pulso mientras jugaba con él, disfrutando de la sensación de poder que le daba tenerlo entre las manos.

Tratando de controlar la respuesta de su cuerpo, Dio comprendió que no podía estar a menos de un metro de ella sin experimentar una erección. Tal vez, la explicación estaba en todos los meses que habían mantenido las distancias. Debería haberse ocupado de esa situación mucho antes, ¿pero qué sentido tenía darle vueltas? Estaban allí en ese momento y tenía la intención de volcarse en descubrir cada milímetro del sexy cuerpo de su mujer.

El hecho de que ella fuera inocente era, además, un excitante incentivo.

–Si te da vergüenza desnudarte delante de tu marido... –susurró él con la respiración entrecortada y le sujetó la mano porque, si seguía tocándolo de esa manera, no iba a poder controlarse– entonces, deja que te desvista yo.

Lucy sucumbió a sus encantos. Con cada una de sus caricias, iba perdiendo sus inhibiciones. Aquello no era lo que había soñado cuando había aceptado entusiasmada casarse con él. Nada había salido como había esperado. Aun así, estaba decidida a disfrutar del placer físico que Dio le ofrecía. Ninguno de los dos esperaba más que eso.

Se ducharon bajo los chorros calientes, hasta que Dio cerró el grifo y empezó a recorrerle el cuerpo con las manos y con la boca. Cuando llegó al centro de su feminidad, ella abrió las puertas y dejó que la volviera loca con la lengua. Un impresionante orgasmo la inundó, mientras él seguía apretando su boca contra ella, saboreándola.

Cuando salieron del baño, los esperaba un nuevo guardarropa.

–He hecho que te traigan ropa nueva –indicó él, abriendo las puertas del armario.

Lucy repasó uno por uno los contenidos y se volvió hacia Dio, que la contemplaba tumbado en la cama con el pelo todavía mojado.

–Pero no son las cosas que suelo ponerme.

Dio arqueó las cejas ante su expresión de confusión.

–Pensé que los vestidos de diseño no eran apropiados para la ocasión.

Lucy se puso unos pantalones cortos de punto y una camiseta.

Eran ropas con las que se sentía cómoda. Los trajes de marca siempre le habían parecido el vestuario de una muñeca, pensados para aparentar delante de los demás.

En los muchos viajes que había hecho con su madre a Yorkshire, había prescindido de la seda y la cachemira, a favor de atuendos más cómodos. Eso le había dado una deliciosa sensación de libertad. De la misma manera se sentía en ese momento, como si estuviera viviendo una breve escapada antes de embarcarse en una nueva vida.

Mientras, su marido estaba allí, esperándola. Era un hombre que sabía lo que quería, igual que sabía cómo complacer a una mujer.

Aquel entorno, lejos de la rígida etiqueta londinense, era un escenario perfecto de seducción. En cuanto a las ropas, sabía que no las había comprado él en persona, pero le habría indicado a alguna de sus empleadas la clase de vestimenta que deseaba para ella.

–Te queda bien –comentó él con aprobación–. Me gustó lo que vi cuando te sorprendí en ese pequeño club tuyo y me gusta lo que veo ahora.

–No soy una marioneta ni un juguete –protestó ella. ¿Acaso lo único que quería Dio era disfrazarla de nuevo para que sirviera sus propósitos?

–¿Es así como te has sentido durante nuestro matrimonio? ¿Piensas que he intentado controlarte? –inquirió él, mirándola con intensidad.

–¿No lo has hecho?

–La mayoría de las mujeres darían su brazo derecho por estar con un hombre controlador que les diera acceso ilimitado a su tarjeta de crédito.

–Dio, no quiero discutir sobre esto. No hemos venido a discutir –repuso ella. Durante su matrimonio, no habían hablado tanto como en los últimos dos días. Había estado, incluso, a punto de confesarle la razón por la que se había apartado de él en la misma noche de bodas. Había tenido la tentación de contarle su versión de la historia. Sin embargo, no lo había hecho, recordándose que lo único que él había querido siempre había sido utilizarla.

Dio había querido conseguir la empresa de su padre. Y, a cambio de tapar sus agujeros financieros, se había llevado a Lucy, la anfitriona perfecta para sus clientes de clase alta.

Sospechaba que, si hubieran consumado su matrimonio, se habría cansado de ella en pocas semanas y habría empezado a salir con otras mujeres.

En una ocasión, había hecho una búsqueda en Internet para conocer su historial amoroso. No había encontrado nada, aparte de una foto tomada hacía años de una exuberante morena colgada de su brazo, mientras salían juntos de una limusina en Nueva York.

Esa única foto le había servido a Lucy para hacerse una idea de la clase de mujeres que atraían a su marido. Además, apoyaba la teoría de su padre de que se había casado con ella porque necesitaba tener una dama elegante a su lado para ascender en la escala social.

–No, es verdad –dijo él–. ¿Por qué no vienes, te sientas conmigo y me demuestras para qué hemos venido?

–¿Solo piensas en el sexo? –replicó ella con una sonrisa, agradecida por poder cambiar de tema.

–En este momento, sí –confesó él, contemplándola con satisfacción mientras caminaba hacia él.

–Por cierto, no me gusta que te refieras al proyecto que tengo en Londres como mi pequeño club... –puntualizó ella.

–Respecto a eso, me he ocupado de que se empiecen a cubrir todas sus necesidades financieras.

–Lo sé y debería haberte dado las gracias. Mark me llamó justo antes de que tomáramos el avión y me lo dijo. Estaba muy emocionado. Está esperando a que yo vuelva para que demos la noticia juntos en el barrio.

–Qué amable –comentó él, frunciendo el ceño. Cada vez que Lucy hablaba de ese tipo, lo hacía con un cariño que no le gustaba nada–. No mencionaste que te había llamado.

–Se me olvidó –contestó ella con sinceridad–. Además... –añadió, recostándose a su lado hasta que sus caras estuvieron casi pegadas.

–¿Además qué...?

–Además, no hay ninguna ley que me prohíba hablar con Mark, sobre todo, cuando trabajamos juntos.

–Puedes hablar con él todo lo que quieras y con cualquiera que te parezca, cuando ya no seas mi mujer –le espetó él. Sabía que estaba exagerando, pero no pudo evitar sentir el aguijón de los celos–. ¿Quién más conforma esa pequeña comunidad de buenos samaritanos?

Lucy se apartó de él, molesta, y se tumbó mirando al techo.

–No tienes por qué ser tan condescendiente.

–Nada de eso. Lo pregunto solo por curiosidad.

–Creí que, precisamente, tú simpatizarías con la gente que pretende hacer algo bueno para los niños que no provienen de un entorno privilegiado.

–Dejemos en paz el tema de mi infancia, Lucy.

–¿Por qué? –insistió ella–. Tú hablas de mis cosas siempre que te apetece –añadió. ¡Aunque Dio sabía muy poco de ella y de su infancia!

–Estás evadiendo mi pregunta. ¿Quién más trabaja contigo? ¿Desde hace cuánto tiempo los conoces? ¿Acudiste tú a ellos o te buscaron a través de algún conocido común? –inquirió él con tono posesivo.

A Lucy le sorprendió su brusquedad. ¿A él qué le importaba de qué conocía a sus compañeros de trabajo?

—Acudí yo a ellos. Quería ser algo más que una anfitriona elegante para tus reuniones con gente rica. Quería usar mi cerebro y vi en el colegio una oportunidad. Hay unas cuantas personas que ofrecen su tiempo de forma voluntaria. Mark es el principal, pero hay más. ¿Quieres saber el nombre de todos?

—Como te he dicho, tengo curiosidad, sí.

Con un suspiro, Lucy se dijo que su marido nunca había mostrado curiosidad por su vida. Quizá, fuera solo otro aspecto de su personalidad controladora. Citó a los otros cinco miembros del equipo, tres mujeres y dos hombres.

—¿Y te relacionas con esas personas cuando no estáis dando clase?

—A veces.

—Mientras ocultas tu verdadera identidad, sin alianza a la vista...

—Quería que me tomaran en serio, Dio. Si supieran que estoy casada contigo, que vivo en un puñado de grandes mansiones, lo más seguro es que me hubieran etiquetado como la típica niña rica jugando a ayudar. ¿Por qué quieres hablar de esto?

Dio no estaba seguro. Solo sabía que las respuestas de ella no le satisfacían.

—Así que ninguno de esos tipos sabe que estás casada.

—No, a menos que sean videntes.

—¿Y cómo son?

Lucy pensó en Terence y en Simon.

—Son un encanto —admitió ella—. Son profesores a

tiempo completo y, aun así, logran encontrar tiempo para ayudar siempre que pueden. Dan unas tres horas de clase a la semana en nuestro proyecto comunitario. Simon enseña Matemáticas conmigo. Terry se ocupa de dar Inglés e Historia. Estoy deseando contarles que vas a inyectar dinero en el proyecto. Se van a poner muy contentos.

–Ya –dijo él, mientras le recorría el muslo con una suave caricia–. Y, cuando dejen de dar saltos de alegría, creo que será apropiado que me los presentes. ¿Qué te parece?

Lucy se encogió de hombros e intentó imaginarse a su marido con aquellos maestros y con los niños. Era como imaginarse a un león en medio de una camada de gatitos.

Sin embargo, era lógico que quisiera conocer a quién le estaba dando su dinero, caviló ella.

Por otra parte, no pudo evitar sentir cierta aprensión al pensar en que Dio iba a invadir la única parte de su vida que le pertenecía solo a ella.

De pronto, un desagradable miedo la asaltó. ¿Y si él quería hacer algo más que meter dinero en el proyecto? ¿Y si decidía actuar como supervisor? ¿Iba a continuar siendo alguien con un lugar en su vida, incluso después de que estuvieran divorciados?

–No creo que debamos hablar de esto –murmuró Lucy, distrayéndolo a propósito con una caricia–. Creo que tenemos mejores cosas que hacer.

Sin hacerse de rogar, Dio dejó de lado la incómoda sensación que lo asaltaba desde que habían empezado aquella conversación.

Capítulo 8

DURANTE los días siguientes, Lucy consiguió mantener a raya los molestos pensamientos que, ocasionalmente, la amenazaban.

¿Qué iba a pasar cuando terminaran aquel placentero paréntesis? ¿Esperaba Dio que ella dejara su casa antes de que él volviera de su viaje a Hong Kong? Por supuesto, iban a tener que hablar de los detalles desagradables de su divorcio. Ella no estaba dispuesta a aceptar sin más el acuerdo económico que él le propusiera.

Era extraño, pero el atractivo encanto de recuperar su libertad ya no le resultaba emocionante.

Podía ser porque lo estaba pasando en grande en esa isla del Caribe.

Era como si algo demasiado poderoso hubiera tomado las riendas y hubiera desbancado a su sentido común.

El sexo era increíble. Y apenas podía pensar en otra cosa.

Por la noche, también compartían cama. A Lucy le encantaban esos momentos en que, medio dormida, se acurrucaba a su lado y notaba cómo él se excitaba de forma instantánea.

Todo lo demás perdía importancia entonces. Las

preguntas sin responder, el resentimiento, el arrepentimiento... nada tenía cabida cuando hacían el amor. Dio tenía razón. Aquel paréntesis que se habían tomado para exorcizar lo que tuvieran que exorcizar, no estaba siendo ningún sacrificio.

Ese día, habían planeado un viaje en barco. Lucy miró al techo, echando de menos la presencia de su marido, que se había levantado al amanecer para trabajar en algún lugar de la casa.

Sonrió al recordar cómo Dio la había llevado al clímax nada más despertar, introduciendo un dedo dentro de ella. Había sido exquisito.

Se tomaría un segundo antes de levantarse, ducharse, ponerse un biquini, un pareo y chanclas. Todo estaba incluido en el guardarropa que tan atentamente él le había encargado.

Mientras, se quedó un rato más en la cama. Le dolía un poco la cabeza. Tenía calor y el cuerpo dolorido también.

No se dio cuenta de que se había quedado dormida hasta que escuchó la voz de Dio, que le sonó como un estruendo en medio de su descanso.

–No grites –murmuró ella y, sin abrir los ojos, se dio la vuelta hacia el otro lado.

–Hablo todo lo bajo que puedo –repuso él. El tiempo había pasado volando y eran más de las nueve. Después de haber zanjado los asuntos más urgentes que tenía que atender a través de Internet, había regresado a toda prisa al dormitorio, poseído por la febril urgencia de hacerle el amor antes de salir de paseo. Sin embargo...

Dio frunció el ceño, parado junto a la cama.

–Son casi las nueve y media, Lucy...

–Oh, no –dijo ella, se incorporó de golpe y, al instante, se dejó caer de nuevo en la cama.

–¿Qué te pasa?

–Yo... nada. Dame solo un par de minutos. Me vestiré y bajaré... enseguida.

Lucy no se encontraba bien. Nada bien. ¡Justo cuando solo quedaban tres días más de estar con Dio, caía enferma!

Debía de ser la gripe, se dijo.

Le estallaba la cabeza, tenía los brazos pesados y la boca seca. Le dolían las articulaciones también, y estaba segura de que tenía fiebre.

Decepcionada consigo misma, cayó en la cuenta de que Dio iba a ponerse furioso.

Cuando entreabrió los ojos, él seguía allí parado, frunciendo el ceño.

Dio alargó la mano y le tocó la frente.

–¿No te pasa nada? ¡Lucy, tienes fiebre!

–Lo siento –musitó ella, al mismo tiempo que él se iba de la habitación.

No podía culparlo. Sin duda, debía de estar tan contrariado por la situación que se había ido a trabajar. O a cancelar el viaje en barco y el magnífico picnic que había encargado.

Agobiada, pensó en que, tal vez, dejaría la isla sin la oportunidad de volver a tocarlo.

No lo escuchó volver a la habitación, hasta que él la sujetó de la cabeza para incorporarla. Tenía un termómetro en una mano y un vaso de agua en la otra.

–¿Por qué no me has dicho que no te encontrabas bien?

–Porque estaba bien anoche. Lo que pasa es que...

esta mañana me dolía la cabeza. Pensé que se me pasaría, pero me quedé dormida... Lo siento, Dio.

Dio chasqueó la lengua con impaciencia y se sentó en la cama a su lado.

¿Lo sentía? ¿Qué clase de monstruo creía ella que era, como para tener que disculparse por estar enferma?

Entonces, Dio recordó cómo la había amenazado con ocuparse de que abandonara su matrimonio sin un céntimo que llevarse. Consideró, también, cómo había anunciado que la posibilidad de que renovara el edificio de la escuela dependía de ella, obligándola a acostarse con él.

Se había creído con derecho a poseer a su mujer. Lo había justificado todo porque ella también se había sentido atraída por él.

Había tratado a Lucy como si hubiera sido una herramienta, un asunto pendiente. Y no había reparado en la ética o la moral para persuadirla de que accediera a sus deseos. Si ella lo veía como un monstruo, tal vez, él se lo había buscado.

De pronto, una aplastante sensación de culpa lo invadió, mientras la miraba con preocupación.

—He llamado al médico.

—¿Por qué?

—Deja que te tome la temperatura.

—¡No hace falta! Tengo un resfriado, Dio. Solo hay que esperar que pase.

—Abre la boca. Cuando te tome la temperatura, te tomarás esta medicina para la fiebre.

—¿Y el viaje en barco? —preguntó ella. ¿Y el resto de su luna de miel?, quiso gritarle. Estaba avergonzada de sí misma por estar perdiendo un tiempo tan

precioso en ponerse enferma. Deseó que Dio no tuviera que irse a Hong Kong tan pronto. Deseó no tener que separarse de él...

Abrumada por sus propios sentimientos, Lucy intentó recuperar el sentido común que la había acom-
pañado durante todos los meses de su matrimonio.

¿Cómo se había vuelto, de pronto, tan apegada a
él? ¿Era porque estaba enferma y lejos de su hogar?

—No debes preocuparte por eso ahora. Deja de hablar, que voy a ponerte el termómetro.

Al leer la temperatura que tenía, Dio frunció el ceño.

—Bien, bebe todo el agua que puedas y tómate una
de estas pastillas. Tienes mucha fiebre, Lucy. Menos
mal que he llamado al médico. Llegará enseguida.

—Te he dicho que es solo un resfriado...

—Los mosquitos pueden contagiar enfermedades
en los trópicos. Pueden ser tan graves como la mala-
ria. Vamos, bebe agua.

Lucy obedeció y se recostó en la almohada con los
ojos cerrados.

—No tienes por qué quedarte, Dio. Seguramente
tienes cosas mejores que hacer que atender a una mujer enferma —dijo ella, tratando de sonar calmada, a
pesar de que un tumulto de pensamientos se arremo-
linaba en su interior.

—Dime cuáles.

—Trabajar. Eso es lo que más te gusta hacer.

—Cuando tienes que echar toda la carne en el asa-
dor para salir del fango, trabajar para sobrevivir se
convierte en una ocupación a tiempo completo.

—Un hábito difícil de romper.

—Eso es —admitió él—. Ahora quédate quieta. Ha
llegado el médico.

–¿Adónde voy a ir? No me sostienen las rodillas.

El médico era un hombre de complexión pequeña que, nada más llegar, empezó a enumerar todas las terribles enfermedades que podían asaltarle a alguien en una isla tropical como aquella. En especial, le habló a Dio de cierto tipo de mosquito con un complicado nombre en latín...

Al ver a Lucy y examinarla, tardó poco en dar su diagnóstico.

–Es algo parecido al dengue. No tan grave, pero igualmente molesto. Le durará, por lo menos, una semana. No necesitará antibióticos, solo debe beber mucho líquido y descansar. Los analgésicos le servirán para la fiebre y el dolor de las articulaciones. La buena noticia es que, una vez que lo supere, tendrá anticuerpos y no volverá a caer enferma por esta clase de picaduras en particular.

En los días siguientes, Lucy se pasó dormida la mayor parte del tiempo. En una ocasión, cuando abrió los ojos, vio que Dio estaba a su lado, trabajando con el portátil. Debía de estar furioso con ella por haber estropeado sus planes, se dijo. Sin embargo, no había dejado de cuidarla.

Curiosamente, él no parecía molesto cuando la sorprendió observándolo.

–Vas a disculparte otra vez –adivinó él–. Ahórratelo. Te has puesto enferma por culpa de la picadura de un mosquito y disculparte no te curará. ¿Cómo te encuentras? Tienes que beber más agua y comer algo –dijo.

Se levantó, se estiró y se sentó en la cama, a su lado–. Puedo prepararte algo.

–Estás siendo muy amable.

–¿Qué te apetece?

–No es necesario que seas tan amable.

–¿Me das permiso para ser la clase de persona que crees que soy? –inquirió él, un poco ofendido.

–Se suponía que esto iba a ser nuestra luna de miel pendiente –murmuró ella con amargura–. Nadie se pone enfermo en la luna de miel.

–Bien, por eso, tengo que ir a prepararte algo de comer para que te cures. Tengo instrucciones de mantenerte hidratada, descansada y bien alimentada.

Cuando llegó a la cocina, Dio le dio un puñetazo a la encimera de granito.

¿Cómo podía tener Lucy una opinión tan baja de él? Por alguna razón, se sentía tremendamente frustrado por cómo ella lo veía. Podía encontrarlo atractivo, sí, pero ahí acababan sus cualidades, según su esposa.

Lucy se había disculpado por estar enferma, le había dicho que ponerse mala no había entrado dentro del acuerdo.

¿Temía ella que él pensara que tenía derecho a poseerla porque había pagado por su cuerpo? Era una idea repulsiva.

Quince minutos después, Dio regresó al dormitorio con una bandeja de comida.

–¿Lo has preparado tú solo? –preguntó ella, atónita, mirando el plato con huevos y tostadas y un gran vaso de zumo de naranja.

–Tienes mejor aspecto –observó él, dejó la bandeja en la mesilla y acercó una silla–. Sí, lo he preparado solito. No ha sido muy complicado poner pan en la tostadora y hacer dos huevos revueltos, la verdad.

¿Vas a decirme ahora que hacerte la comida no era parte del trato tampoco?

Lo cierto era que Lucy lo había pensado. Sonrojándose, bajó la cabeza y probó la comida. Se llenó después de dos bocados.

Se había tomado unos analgésicos hacía unas horas y empezaba a notar que el efecto de la medicación estaba pasando.

Mientras...

—Tal vez, deberíamos hablar del divorcio —señaló ella con tono un poco inseguro.

Cuando Dio la tocaba, ella perdía todo poder de razonar o articular palabra de forma coherente. Pero, como estaba enferma y no iba a tocarla en ese momento, debía aprovechar la oportunidad. Era mejor enfrentarse a los temas incómodos cuanto antes y no esperar a que estuvieran de vuelta en Londres. Entonces, todo sería más difícil. Prefería que la fase final de su matrimonio no se convirtiera en una guerra fría en la que las comunicaciones se llevaran a cabo a través de abogados. Al menos, si arreglaban las cosas entre ellos en aquel entorno paradisíaco, podían separarse como amigos.

Dio se puso rígido. Se preguntó si ella quería asegurarse de conseguir su objetivo antes de que el sexo terminara. ¿Acaso temía que la dejara tirada, sin cumplir lo que le había prometido? Tal vez pensaba que, al estar enferma, él podía replantearse los términos de su acuerdo.

A pesar de que empezaba a dudar sobre todos sus prejuicios contra ella, Dio no tardó ni un segundo en sacar las peores conclusiones posibles. Estaba acostumbrado a hacerlo.

–Te apetece hablar de eso, ¿verdad?

–No me siento tan adormecida como antes. Me queda una hora más o menos antes de que pase el efecto de los analgésicos.

–¿Y por qué no usar el tiempo de forma constructiva? –dijo él, recogió el plato, lo dejó sobre la cómoda y volvió a sentarse a su lado, con los brazos cruzados–. Entiendo.

Lucy suspiró con alivio. No sabía si debía explicarle que era mejor zanjar ese tema cuanto antes, para que pudieran disfrutar después del poco tiempo que les quedaba.

Tal vez, esa confesión le haría parecer una tonta. O demasiado sentimental.

¿Y por qué estaba tan sentimental?, se preguntó a sí misma. Debía de ser un resquicio de la ingenua que había crecido soñando con cuentos de hadas y matrimonios perfectos. En parte, tal vez, su antiguo yo contemplaba el divorcio como una especie de fracaso.

Sin embargo, el divorcio era la única salida a su matrimonio sin amor.

–Si quieres, puedo traerte papel y bolígrafo y firmarte lo que me pidas, por si temes que vaya a echarme atrás en lo que te prometí...

–Yo... solo quiero saber cuándo quieres que me vaya de la casa.

–Esta conversación es muy sórdida.

–¿Por qué?

–Estás enferma y, aunque no lo estuvieras, no hemos venido aquí para hablar de los detalles del divorcio. Creo que no hay nada peor para estropear una luna de miel que hablar de divorcio.

–Solo pensé que...

–El que un mosquito te haya inoculado una enfermedad que te ha dejado en cama no afectará a nuestro acuerdo financiero –le espetó él.

Sus palabras sonaron brutales, pero no se retractó. Diablos, estaba disfrutando de estar allí con ella y no quería que se le aguara la fiesta con recordatorios de la razón que la había impulsado a acostarse con él.

–No estaba pensando en el dinero –murmuró ella.

Dio apartó la vista, apretando los labios.

–Si he aprendido una cosa en la vida es que, cuando alguien dice que no estaba pensando en el dinero, significa que piensa solo en eso.

–Si no quieres hablar del divorcio, entonces, olvídalo. Se me ocurrió que, mientras estamos los dos aquí, podía ser mejor hablar cara a cara que volver a Londres y dejar que nuestros abogados se ocupen de todo. Opino que un divorcio es algo muy personal.

–La mayoría de los divorcios acontecen por cauces muy diferentes a este –señaló él, pasándose la mano por el pelo, irritado. Le molestaba sobremanera que ella insistiera y que no se diera cuenta de que era el tema de conversación menos apropiado para el momento–. La mayoría de la gente suele terminar hablando a través de una mesa con abogados, después de haberse pasado años peleando y discutiendo. Cuando llegan a los juzgados, están cansados y hartos de peleas, listos para enfrentarse a lo inevitable. Eso es un divorcio personal y no el nuestro. Nosotros no hemos implicado nuestras emociones en ningún tramo del camino.

–No estoy de acuerdo –dijo ella. Pensó en sus padres y en su desgraciado matrimonio. No se habían pasado años peleando. Más bien, el suyo había sido un desgaste lento y destructivo, con insultos y críticas propinadas en voz baja–. No todos los matrimonios que se rompen terminan de esa manera, entre gritos y peleas. De hecho, creo que, en cierta forma, es mejor gritar que ahogarse en silencio... Pero no entiendo por qué estamos hablando de esto –añadió, dejando descansar la cabeza en la almohada–. No sé por que he sacado el tema.

Lucy siempre hacía eso. Una vez más, había empezado una conversación que Dio no había querido tener, hasta llevarlo al punto de despertar su curiosidad para, acto seguido, abandonar el tema.

¿Lo hacía a propósito?, se preguntó él. ¿O era uno de sus talentos innatos?

En ese momento, Dio solo sabía que quería averiguar qué estaba pensando su mujer, por qué estaba tan pensativa.

–¿Qué estás pensando? –inquirió él, sujetándole la barbilla para que lo mirara–. Primero me dices que quieres hablar del divorcio para asegurarte de conseguir tu objetivo económico...

–¡Yo no he dicho eso!

–Y a continuación empiezas a generalizar sobre matrimonios rotos sin peleas de por medio. ¿Estás hablando de alguien en particular?

Cuando Dio vio cómo ella abría la boca para negarlo y apretaba la sábana nerviosa, adivinó que había dado en el blanco.

–¿Alguna amiga tuya, Lucy? ¿Tu tía? ¿Tu prima? ¿Tus padres? –preguntó el con suavidad.

Lucy asintió despacio.

Atónito, Dio la miró con intensidad para comprobar si le mentía. Pero los ojos de ella no parpadearon.

–Nunca se lo había contado a nadie antes –murmuró ella y cerró los ojos, sintiendo que la fiebre y el dolor la hacían más vulnerable.

–No tienes por qué hablar de ello –indicó él, sospechando que había topado con una de esas puertas que, una vez que se abrían, no podían cerrarse.

¿Quería él escuchar las miserias de los padres de Lucy? La verdad era que cualquier mujer en su sano juicio no habría podido soportar a Robert Bishop más de cinco minutos, porque había sido un hombre horrible.

Sin embargo, Dio siempre se había imaginado a la familia Bishop como un nido de felicidad, bendecido por la belleza y la riqueza...

–Igual crees que tuve una infancia maravillosa –murmuró ella, dolorida–. Mucha gente lo cree. Bueno, todos menos los amigos y familiares más cercanos. En nuestros círculos, no queda bien exponer los trapos sucios en público –añadió con una débil sonrisa de sarcasmo.

–Necesitas dormir, Lucy.

–Quizá tienes razón. Supongo que tengo que dormir, sí –musitó ella con un suspiro.

–Cuéntamelo, anda –rezongó él, malhumorado.

–No hay mucho que contar –respondió ella y bostezó–. Es solo que... nos vamos a divorciar y no quiero que te quedes con la idea de que soy una niña mimada, criada con todo tipo de lujos.

–¿Qué parte no es verdad de esa afirmación?

–Siempre has pensado muy mal de mí, Dio.

–Cielos, Lucy. No hemos venido aquí para tener profundas conversaciones sobre qué hemos hecho mal.

–Ya. Deberíamos estar aquí fingiendo que podemos estar juntos solo gracias al sexo.

–Pensé que estábamos de acuerdo respecto a eso.

Lucy se estremeció ante la seductora sonrisa de su marido. Ni el virus más letal podía hacerle subir la temperatura como hacía Dio.

–He hecho todo lo posible para olvidar que solo te casaste conmigo para utilizarme, porque encajaba en el papel de esposa que tú necesitabas.

Dio frunció el ceño.

Sin duda, había vuelto a subirle la fiebre, pensó él. Tenía el rostro sonrojado y los ojos muy brillantes. Aunque sonaba calmada y segura.

–¿El papel de esposa?

–Ya sabes, una mujer de buena cuna.

–No estoy seguro de entender.

Lucy apretó la sábana entre los dedos.

–En la noche de bodas –comenzó a decir ella en un hilo de voz, tan bajito que él tuvo que acercar la cabeza para oírla–. Te escuché hablar con mi padre. Le dijiste que se había llevado su merecido y que tú ibas a llevarte lo que te debía. La compañía y... todo lo que iba dentro del paquete.

Dio maldijo para sus adentros cuando las piezas del rompecabezas comenzaron a encajar. Lucy había oído fragmentos de la conversación. Podía haberles dado su propia interpretación, pero...

¿Iba a explicárselo? No, se dijo Dio. Él había querido venganza. Había sido su objetivo desde que su padre había muerto. No obstante, después de haber conseguido su objetivo, había cuestionado la motivación que lo había impulsado durante años.

Había sido una motivación estúpida.

Robert Bishop se había merecido todo lo malo que le hubiera pasado, no solo por lo que le había hecho a su padre, sino por lo que había hecho a sus empleados al robarles sus pensiones.

Era cierto que Dio se había dejado atraer por Lucy, se había casado con ella por razones no del todo honorables, pero le había dado una buena vida.

A excepción de...

–Me dijo que te casaste conmigo porque yo era la clase de persona que podía ayudarte a subir en la escala social. Dijo que...

–¿Qué?

–Que provenías de un entorno pobre y que querías a alguien que te abriera las puertas de la elite de la sociedad. Dijo que tenías mucho dinero, pero que... te faltaba... lo que hay que tener para pertenecer a determinados círculos.

Durante unos segundos, Dio se quedó perplejo. Pero, cuando digirió sus palabras, la rabia lo invadió.

Si Robert Bishop no hubiera estado muerto, lo habría matado él mismo.

–¿Y tú lo creíste?

–¿Por qué no iba a creerlo? –replicó ella, confusa, asustada de verlo tan furioso–. Pero da igual, me siento muy cansada. Además, me duele la cabeza y la fiebre...

Dio se fue a buscar más analgésicos, un tiempo precioso que le ayudó a calmar su impulso de darle un puñetazo a algo.

Cuando volvió a su lado, estaba más calmado. Observó cómo ella se tomaba las pastillas y se tumbaba de nuevo con los ojos cerrados.

–¿No irás a quedarte dormida ahora, verdad?

Lucy no dijo nada. Le dolía todo el cuerpo, pero estaba muy alerta, consciente de que le había hecho una confidencia a su marido por primera vez en muchos meses. En cierta forma, se sentía liberada. Al fin y al cabo, ¿qué tenía que perder?

—Cuando dijiste que tu infancia no fue como todos creían, ¿te referías a que tu padre no era el hombre que la gente pensaba?

Lucy entreabrió los ojos y lo miró un momento para intentar adivinar adónde quería llevar. Pero Dio sabía bien cómo esconder sus sentimientos.

—¿Os maltrataba físicamente? —preguntó él. Era una idea horrible, pero necesitaba saberlo. Cuando ella negó con la cabeza, sintió un alivio indescriptible.

—Era un bruto conmigo y con mi madre, pero sus abusos eran solo verbales. Mi madre era una criatura tan delicada...

—Entonces, escuchaste nuestra conversación y tu padre te convenció de que me había casado contigo solo para ganar acceso a... quién sabe dónde. ¿Nunca se te ocurrió pensar que me importaba un pimiento la escala social? No... —señaló él, pensativo—. Claro, tu padre sabía cómo manejar los hilos de todas tus inseguridades...

—¿Quieres decir que no... me utilizaste?

—Quiero decir... —comenzó a responder él, invadido por la culpa mientras buscaba las palabras adecuadas—. Si crees que me casé contigo porque provenías de una familia rica, o porque podías abrirme puertas, estás muy equivocada —añadió y se levantó. No estaba dispuesto a seguir hablando del tema, pues estaba sembrado de minas—. Ahora, duerme un poco, Lucy. Son órdenes del médico...

Capítulo 9

LOS dos días siguientes pasaron como en una nube para Lucy. La fiebre le subía y le bajaba, igual que el dolor de las articulaciones. Se sentía débil y cansada.

Sin embargo, al tercer día se encontraba mucho mejor. Se despertó sola en la habitación cuando eran poco más de las ocho de la mañana.

Despacio, recordó imágenes y algunos fragmentos de conversaciones.

Dio había estado cerca todo el tiempo. En varias ocasiones, cuando se había despertado, lo había encontrado sentado a su lado con un portátil sobre la mesa. Recordaba que le había llevado comida y le había hecho beber mucho líquido. La había bañado y la había ayudado con todo lo que había podido.

Lucy sospechaba que debía de ser la primera vez que su marido cuidaba a alguien así. Tal vez, si no hubieran estado atrapados en una isla en medio de ninguna parte, él habría llamado a alguien para que se hubiera ocupado de ella.

Sin embargo, había representado el papel de enfermero a la perfección.

Entonces, recordó algo más, cosas de las que habían hablado. Ella le había contado cómo había sido su infancia en realidad. Había sido un gran alivio, pues nunca había sido dada a compartir sus tristezas. Ni siquiera de niña les había confiado a sus amigas lo mucho que había odiado los cambios de humor de su padre y la manera en que las había maltratado a su madre y a ella.

Nunca habría imaginado que acabaría hablándole de eso a Dio. Aun así, no se arrepentía porque él había demostrado saber escuchar.

Además, se había equivocado respecto a su marido. No la había utilizado. Su padre le había mentido cuando le había dicho que Dio había sido un don nadie en busca de contactos en la clase alta.

Se sintió fatal por no haber cuestionado las palabras de su padre. Debería haber sabido que Dio era un hombre tan seguro de sí mismo, un ganador tan brillante, que estaba al margen de las estupideces clasistas.

Se había equivocado respecto a él.

Sin duda, había interpretado mal las palabras que había escuchado la fatídica noche de su boda, se dijo.

Por su culpa, habían vivido un matrimonio estéril y sin comunicación. Dio había sido demasiado orgulloso como para haberle preguntado a qué se había debido su frialdad.

Era un hombre orgulloso, tozudo... y ella lo amaba con locura.

Con el corazón acelerado, Lucy dio gracias por estar sola en la habitación. Se habría sentido terriblemente desnuda y vulnerable si él hubiera estado mirándola en ese momento.

Se había enamorado de él desde el primer momento en que lo había visto. Había ocultado sus sentimientos bajo una pesada coraza de amargura y resentimiento durante su matrimonio. Se había dicho que era la clase de hombre que debía evitar a toda costa, pues se había casado con ella solo para utilizarla.

En ese momento, no obstante, todos sus esquemas y prejuicios se derrumbaban sin remedio.

Dio había demostrado ser atento, considerado, amable.

De pronto, llena de pánico, se acordó de su propia insistencia en divorciarse. No era más que un recordatorio de lo terca que había sido al haber pensado mal de él, de lo equivocada que había estado.

Había ansiado tener una nueva vida, lejos de alguien que no se preocupaba por ella, que la había utilizado, a quien no le importaba su felicidad.

Pero Dio...

Ella lo amaba, estaba segura. ¿Y qué sentía Dio? Él nunca, ni siquiera en los momentos más apasionados bajo las sábanas, había admitido sentir nada por ella.

En vez de ceñirse a los hechos, Lucy dejó que sus esperanzas levantaran el vuelo. ¿La habría cuidado tan bien si no hubiera sentido nada por ella?

Le había puesto paños húmedos en la frente, le había preparado comida... Eso debía de significar algo, ¿o no?

Llena de esperanza y decisión, se fue a dar una ducha. Se vistió con una bata de seda que encontró detrás de la puerta del baño y se puso unas braguitas de encaje, sin sujetador.

Lo encontró en la cocina, con unos papeles en una mano y removiendo algo al fuego con la otra. Aprovechó que estaba dándole la espalda, ajeno a su presencia, para observarlo un momento.

Lucy acababa de darse permiso para amarlo y, por eso, lo vio todavía más fuerte, más bello, más sensual. Estaba irresistible con pantalones vaqueros ajustados y camiseta.

–Creo que los huevos están a punto de quemarse...

Dio se volvió de golpe. Al verla tan fresca y lozana, tan sexy, se quedó sin respiración.

Llevaba una bata de seda y el pelo suelto sobre un hombro.

Nada de maquillaje.

–¿Qué estás haciendo abajo? –preguntó él, furioso por no poder controlar su erección–. Te estaba haciendo el desayuno.

Lucy se sentó a la mesa. El sol de la mañana inundaba la cocina a través de las amplias ventanas. La fresca brisa tropical estaba cargada de olor a mar.

–Me encuentro muy bien esta mañana –señaló ella con una sonrisa–. Por eso, pensé que sería buena idea bajar a desayunar.

–Deberías volver a la cama –dijo él, cruzándose de brazos.

–Sé lo que dijo el médico, pero seguro que está de acuerdo en que me levante si me encuentro bien.

Dio la observó pensativo. Sí, era cierto que tenía mejor aspecto. ¿Pero estaría fingiendo? Se había disculpado tantas veces por estar enferma que, tal vez, no era más que una manera de intentar agradarlo.

–No es necesario, Lucy.

–¿El qué?

–¿Quieres desayunar? Claro. Debes comer –dijo él. En realidad, no sabía si quería meterse en otra larga y profunda conversación.

Durante los dos últimos días, había hecho cosas a

las que no estaba acostumbrado. Le había preparado
la comida, se había sentado a su lado en la cama, le
había puesto paños húmedos en la frente... Literal-
mente, había dejado sus propias obligaciones en paréntesis para ocuparse de ella.

No había tenido apenas tiempo para trabajar y había tenido que retrasar su viaje a Hong Kong.

Por otra parte, Lucy le había contado cosas que él
nunca había sospechado. Nunca se le había ocurrido
pensar que Robert Bishop podía no haber sido un padre amoroso y protector con su familia.

Y Lucy...

Todavía se le incendiaba el cuerpo solo de verla.

–Igual podemos comer algo que no sean huevos
revueltos...

Dio se forzó a sonreír, mientras no dejaba de darle
vueltas a un millón de cosas.

–¿Tienes alguna queja del chef?

–No. De hecho, la paciente está muy agradecida al
chef. Aunque también es verdad que su repertorio de
platos es muy limitado.

–Como sabes, he estado ocupado con otras cosas
en la vida y no he tenido tiempo de aprender a cocinar.

–Te ayudaré. Podemos preparar algo juntos. Me
sentará bien moverme un poco.

Dio se encogió de hombros. Ella se dirigió al frigorífico y sacó jamón y algunos ingredientes más.

–Tú siéntate, Dio. Te has pasado los últimos días
cocinando para mí. Lo menos que puedo hacer es de-
volverte el favor.

Dio seguía con los papeles en la mano y gesto ce-
ñudo, y a Lucy se le encogió el corazón. ¿Le estaría

molestando mientras leía? Sabía que no había podido trabajar mucho esos días y que había tenido que posponer su viaje a Hong Kong. Se había visto obligado a cuidarla y no podía culparle si no estaba de buen humor.

–Puedes hacer el desayuno, si de verdad te apetece, Lucy, pero ya está. He llamado a Enid para que se ocupe de cocinar durante el tiempo que nos queda aquí. No quiero que te fatigues y tengas una recaída.

Dio decidió que lo mejor era ser práctico. No tenía sentido volcarse en profundas confesiones, ni darle vueltas a lo que había descubierto sobre su noche de bodas, la razón por la que Lucy se había apartado de él hacía meses.

Sin embargo, tenía la incómoda sensación de que algo había cambiado en la forma en que Lucy lo miraba desde aquella pequeña conversación.

Quizá se debiera solo al hecho de que había estado enferma. Tal vez, era el virus lo que le hacía mirarlo así. ¿O había cambiado de opinión acerca de él después de que Dio le hubiera explicado que no se había casado con ella por sus contactos?

¿Quería él que lo viera con otros ojos?

Dio recordó cómo su mujer lo había mirado en el breve espacio de tiempo en que habían sido novios. Se había sentido, entonces, embobado por el inesperado encanto de la hija de Robert Bishop.

¿Cómo podía haber adivinado que...?

En aquellos tiempos, ella lo había mirado como un animalillo hambriento miraba un banquete.

Y eso le había gustado a Dio. ¿A qué hombre no le gustaría? En algún momento, a él se le había ocurrido que Lucy podía desempeñar un papel en el plan de venganza que llevaba alimentando durante años. No sabía si había sido una decisión consciente o no.

Dio solo sabía que no era la clase de hombre que se dejaba llevar por sus sentimientos. Desde pequeño, había aprendido que las emociones solo podían llevar al desastre.

Eran lo que había impulsado a su brillante padre a confiar en un hombre que había considerado su amigo. No se le había ocurrido firmar nada, ni buscar abogados para asesorarse sobre cómo proteger su invento. Había pagado con creces por aquel descuido. No solo su padre, sino su madre también, porque había tenido que convivir con un marido amargado y un hijo que asimismo había sufrido las consecuencias.

No, Dio había aprendido a temprana edad que no se podía confiar en los sentimientos. La lógica, el sentido común, la inteligencia, esos sí eran buenos consejeros.

Y el dinero... Con el dinero llegaba el poder y, con el poder, la libertad.

La única emoción a la que Dio había dado cabida en su vida había sido su hambre de venganza. Había amasado suficiente dinero como para asegurarse de poder costearse su plan. El dinero le había dado la libertad para hacer pagar a Robert Bishop.

Se había casado con Lucy porque le había gustado mucho. A los treinta y dos años, había estado listo para el matrimonio y sus innegables ventajas, entre ellas, la idea de restregarle a Robert Bishop que se había casado con su preciosa y amada hija.

Sin embargo, nada había sido como había esperado.

No se había casado con la niña mimada de su papá, sino con una mujer que había estado desesperada por escapar. La huida de Lucy no había salido según su plan, era cierto. Pero, después de haber descubierto que se había equivocado en un pequeño detalle, ¿acaso iba a considerarlo un caballero andante, digno de toda su confianza?

Dio no quería eso. En absoluto...

Ella le había entregado su virginidad.

A la fría luz del día, él se daba cuenta del significado de ese acto. Y lo asustaba sobremanera.

–No voy a tener una recaída –dijo Lucy con una débil sonrisa, mientras se ponía a preparar la comida.

–Ya he tenido que posponer el viaje a Hong Kong, como debes de saber.

–Sí –afirmó ella, inundándosele los ojos de lágrimas. Dio no estaba siendo cruel, solo estaba siendo honesto, pensó–. Creo que ya me he disculpado contigo por eso. Varias veces. Pero aprovecho para repetirte que siento haberte estropeado tus magníficos planes –añadió, sin mirarlo.

Dio se pasó los dedos por el pelo. Por cómo ella tenía los hombros encogidos, adivinó que estaba a punto de ponerse a llorar.

–No quiero tus disculpas. Solo quiero asegurarme de que no termines de nuevo en cama.

–Lo sé –dijo ella y empezó a poner en la sartén el pan bañado en huevo. Comprendió, por el severo tono de impaciencia de él, que su luna de miel había terminado–. No te preocupes. Tendré cuidado de no cansarme y, si me siento mal, me aseguraré de no molestarte con mis quejas. Ya está el desayuno aunque, de repente, se me ha quitado el hambre.

Lucy estaba muerta de vergüenza por las estúpidas esperanzas que había albergado al bajar a la cocina vestida solo con una bata de seda. Sin mirarlo, se giró para poner el desayuno en un plato. Dio estaba justo detrás de ella.

–Nunca me ha gustado ver llorar a una mujer –murmuró él.

–Y a mí no me gusta llorar –balbuceó ella–. Así que tienes suerte.

Dio se pasó los dedos por el pelo de nuevo. Ella quería divorciarse de él y era lo mejor que podía hacer. Él no era ningún caballero andante, sino todo lo contrario.

Lo que Lucy necesitaba era un hombre que pudiera darle lo que buscaba. Amistad, seguridad emocional, un hombre en el que apoyarse...

Necesitaba a uno de esos buenos samaritanos como los tipos con los que trabajaba en la escuela. Necesitaba a un hombre para quien la noche ideal fuera quedarse en casa cocinando y ver una película juntos, acompañados de su perro. Él no encajaba en ese papel. Y nunca encajaría.

Por eso, lo mejor que Dio podía hacer era poner distancia entre ellos, a partir de ese mismo instante...

Sin embargo, al sentir el cuerpo delicado y cálido de ella a su lado, le resultaba imposible.

Tampoco ella estaba facilitando las cosas. Había apoyado la cara en su hombro y le temblaba el cuerpo, mientras él le acariciaba el pelo con mano titubeante.

Dio hizo un amago de separarse, y tal vez fue su imaginación, pero le pareció que ella lo agarraba con un poco más de fuerza.

–¿Crees que he sido cruel cuando te he recordado que he tenido que posponer mi viaje a Hong Hong? ¿Crees que te culpo?

–No –murmuró ella, sin levantar la cara del hombro de él–. Lo único que de verdad te importa es el trabajo, ¿verdad?

–Me conoces muy bien...

Si Dio le hubiera dicho eso una semana antes, Lucy se habría encogido de hombros y habría pensado que ese tipo nunca le gustaría, al margen de lo que le había hecho y de cómo la había utilizado.

Pero, en el presente, cuando sabía que su marido no la había utilizado, lo veía desde distinta perspectiva. Apreciaba su humor, su aguda inteligencia y la forma en que la había cuidado cuando había estado enferma.

Había descubierto en él una calidez y una ternura que, antes, había ignorado. Dio podía decir que solo le importaba el trabajo, pero ella sabía que no era cierto, lo aceptara él o no.

Si lo dejaba, Dio se alejaría de ella sin mirar atrás. Lucy lo presentía. Quizá, debería luchar por él, se dijo. ¿Podría seducirlo y hacer que la considerara indispensable?

¡Se habían acostado juntos! ¿Por qué no seguir haciéndolo? ¿Por qué no convertir su matrimonio en algo real? Ya no tenía ningún interés en conseguir el divorcio que tan apasionadamente había defendido.

Podían seguir siendo marido y mujer, ¡pero sus vidas cambiarían de forma radical! Ella podía seguir dando clases de Matemáticas en la escuela... Por supuesto, tendría que contarles a todos quién era, pero eso no sería un problema, caviló.

Al apretarse un poco contra él, se le abrió el cinturón de la bata.

Y ella no hizo amago de abrocharlo de nuevo.

Dio gimió con suavidad al sentir los pechos de su mujer sobre él. Cuando miró hacia abajo, vio que tenía los pezones endurecidos, apenas ocultos tras la tela de la bata.

Lo único que tenía que hacer era deslizar la mano bajo la seda y tomar uno de esos pechos, sentir su textura y su calor...

–Quiero que me toques –susurró ella con voz ronca. Cuando guio la mano de Dio por su escote, él se estremeció. Llena de satisfacción, sintió que estaba húmeda entre las piernas. Más que nada, ansiaba que la tocara allí...

Durante los días anteriores, Lucy siempre había preferido hacer el amor en la intimidad de la habitación, bajo la penumbra de las cortinas cerradas.

Sin embargo, en ese momento...

–Aquí no –pidió ella, agarrándole la mano.

Dio se dijo que era su oportunidad de zafarse de la situación y dejar claro que su luna de miel había terminado.

Por desgracia, su cuerpo tenía otros planes.

Quizá, si ella hubiera propuesto ir al dormitorio, podría haberse resistido. Tal vez, si hubiera sido más predecible...

Pero Lucy hizo un gesto con la cabeza hacia la ventana que daba al jardín, le tomó la mano y sonrió con timidez.

Al seguir la dirección de su mirada, Dio se sintió invadido por una inyección de adrenalina.

–Te gustan las cortinas cerradas –rezongó él.

–Igual estoy lista para cambiar.

–Lucy...

Ella respiró hondo, se desabrochó la bata del todo y

se quedó desnuda allí mismo, en medio de la cocina, con nada más que unas pequeñas braguitas de encaje.

Dio contuvo la respiración, mientras los ojos se le oscurecían por el deseo.

Lucy nunca lo había deseado con tanta desesperación. Se había pasado meses guardando su corazón bajo llave pero, después de haberlo liberado de su cautiverio, no podía soportar la idea de separarse de su marido.

Lo había juzgado mal y eso cambiaba las cosas de forma radical.

—Quiero hacer el amor en la playa —dijo ella, venciendo su miedo a exponerse desnuda bajo la luz del día. Era alta y esbelta, pero siempre se había avergonzado de sus pequeños pechos. Se preguntó si él estaría comparándola con todas las mujeres con las que se había acostado, aunque prefirió desterrar ese pensamiento tan poco halagador.

Todavía estaban en su luna de miel, pensó Dio, dejando a un lado su decisión de salir de una situación cada vez más difícil de controlar. Él no era el hombre que ella pensaba. Solo había cumplido con su objetivo: adquirir la compañía de Robert Bishop y adquirir a su hija. Punto.

Lucy estaba allí parada, con los pechos desnudos y los pezones rosados señalándolo, la piel más blanca donde había estado cubierta por el biquini... sus largas piernas interminables.

¿Qué hombre podía resistirse a algo así?

Caminando despacio hacia ella, además, Dio se dijo que sería tremendamente cruel rechazarla. Su mujer tenía muchos complejos. Antes, él lo había ignorado, pero en el presente lo sabía. Era una adulta llena de

inseguridades, incapaz de disfrutar de la belleza que la
naturaleza le había regalado.

Si la rechazaba, esas inseguridades no se verían
más que reforzadas.

¿Quería ser responsable de eso? No. Así que...

En un rápido movimiento, se quitó la camiseta y
esbozó una sonrisa lobuna cuando ella contempló su
musculoso abdomen.

Él siempre se excitaba cuando Lucy lo miraba de
esa manera, como si no pudiera resistirse a la tentación y, al mismo tiempo, le diera vergüenza que la
sorprendiera admirándolo.

Con suavidad, él entrelazó sus dedos y le quitó un
mechón de pelo de la cara.

–¿Estás segura?

–Sí. ¿Y tú?

En ese momento, con una erección de campeonato,
Dio no había estado tan seguro de nada en su vida.

Fuera, el sol quemaba. La casa estaba rodeada de
jardines privados y solo se escuchaba el sonido de las
olas en la orilla.

Un par de días en cama casi le habían hecho olvidar a Lucy lo impresionante que era la cala de arena
blanca, mar transparente y un horizonte distante
donde se fundían todos los tonos de azul.

La brisa le resultó deliciosa en los pechos desnudos. Se volvió hacia él, riendo, sujetándose el pelo
con la mano para que no se le pusiera en la cara, y
durante unos segundos se quedó embobaba contemplando su masculina belleza.

–¿Vas a hacer que te suplique que te quites la ropa
interior? –susurró él. Se llevó la mano al botón de los
vaqueros y, despacio, se bajó la cremallera.

Lucy se quedó embelesada al ver cómo se quitaba los vaqueros. El sol brillaba sobre su cuerpo bronceado, resaltando la perfección de sus músculos. Él dejó los pantalones en una roca cercana, seguidos de los calzoncillos.

Luego, sin apartar la vista del rostro sonrosado y excitado de su mujer, sonrió.

—De acuerdo. Te toca.

Lucy se quitó las braguitas e intentó lanzarlas junto a las ropas de él. Mortificada, vio cómo un soplo de viento las hacía caer en el agua.

Dio rio y la tomó entre sus brazos.

—Bueno... —dijo él—. ¿A qué se debe este repentino atrevimiento, querida esposa? —preguntó. Le mordisqueó la oreja, haciendo que ella se estremeciera—. ¿Qué ha sido de la pequeña y joven tímida que no quería tener sexo a menos que las cortinas estuvieran echadas?

—Quizá hayas despertado mi pasión por la aventura —murmuró ella.

De pronto, un oscuro pensamiento atravesó a Dio. Otro hombre podía disfrutar del nuevo sentido de aventura de Lucy. Casi echaba de menos la timidez que le había hecho correr las cortinas...

Aquella actitud tan posesiva le resultaba molesta pero, por suerte, duró poco. Se olvidó de todo cuando tomó los pechos de ella en las manos, acariciándole los pezones.

—La arena puede ser un incordio —susurró él, lamiéndole el lóbulo de la oreja—. Así que sigue de pie.

Poco a poco, Dio fue recorriéndola con sus besos de arriba abajo, hasta arrodillarse ante ella.

Sabiendo lo que iba a hacer, Lucy se estremeció de anticipación.

Le encantaba que la lamiera allí abajo. La primera vez, le había resultado demasiado íntimo y él había tenido que forzarle las piernas con suavidad para que las mantuviera abiertas. Sin embargo, había descubierto que el que le excitara el clítoris con la lengua era una experiencia única.

Hundiendo los dedos en el pelo moreno de él, Lucy abrió las piernas.

La arena estaba cálida bajo sus pies. Quería mirar lo que le hacía, pero no pudo evitar echar la cabeza hacia atrás entre gemidos de placer. El sol le bañaba el rostro, mientras se perdía en la deliciosa sensación de acercarse al clímax.

Gritó de placer, cuando llegó al orgasmo en la boca de él. Sin darle tiempo a bajar de las nubes, él la levantó como si fuera una pluma. Ella lo rodeó con sus piernas y la penetró.

No se había puesto protección. Él, que siempre era tan cuidadoso. Sin embargo, dejó el pensamiento a un lado mientras la penetraba una y otra vez, llevándola más y más alto, hasta que se rindieron juntos a una explosión del más puro éxtasis.

Después, nadaron. Lucy deseó poder guardar ese momento como un tesoro para siempre.

Como eso no era posible, mientras volvían a las toallas que él había llevado y se tumbaban en la arena, pensó cómo podía dirigir la conversación hacia lo que existía entre los dos.

Sin duda, Dio debía de haber notado que las cosas habían cambiado. ¿O no?

No habían hablado de divorcio desde hacía días. Ella se preguntó si haber estado enferma había sido, en realidad, una bendición. Al menos, le había ayu-

dado a abrir los ojos. ¿Habría sido lo mismo para él?
No era la clase de hombre amante de largas conversaciones sobre sentimientos, pero eso no significaba
que no tuviera sentimientos, ¿verdad?

Lucy alargó la mano y entrelazó sus dedos.

Los dos estaban mirando al cielo bajo las ramas de
una palmera.

–Bueno... –dijo ella, titubeante.

–Debo disculparme –dijo Dio, dándole vueltas a
que no se había puesto protección. Había sido tan estúpido que había olvidado llevar preservativos a la
playa.

–¿Cómo?

Furioso consigo mismo por descuidar algo tan importante, se puso en pie de golpe, se acercó a sus ropas y se las puso.

Lucy lo siguió.

–Nos he arriesgado a un embarazo indeseado –señaló él con brusquedad–. No usé protección.

Al escucharle decir esas palabras, con ese tono de
voz, Lucy se sintió como si le hubiera dado una bofetada.

–Lo siento, si he sonado muy brusco –se disculpó
él, pasándose los dedos por el pelo. Maldijo para sus
adentros por no haber sido capaz de resistirse a ella.
Tal vez, si su mujer no hubiera sido virgen, quizá, si
hubiera sido la fría oportunista que había creído que
era, podía haberse sentido mejor.

Sí, en ese caso, no se habría sentido culpable en
absoluto por tomar lo que quería e irse después. Sin
embargo, después de haber descubierto lo vulnerable
que era, lo delicado y suave que era su corazón, no
podía seguir ignorando que se había comportado como

un hombre cruel e impasible, capaz de cualquier cosa para conseguir su propósito.

Eran polos opuestos. Él era un tiburón, ella, un pececillo. Si hubiera sabido lo que iba a pasar, tal vez, no la habría incluido en su plan de venganza. No, seguro que no.

–Estoy seguro de que, como yo, lo último que quieres es quedarte embarazada –comentó él, comenzando a caminar hacia la casa–. Sobre todo... cuando vamos a divorciarnos.

–No pasa nada –susurró ella–. Nos vimos atrapados en la pasión del momento. Seguro que no pasará nada.

Llena de dolor, Lucy se preguntó cómo Dio podía mirarla así, como si no acabaran de compartir la experiencia más impresionante. Y no se trataba solo de sexo. Era mucho más lo que habían compartido. Al menos, así había sido para ella...

¿Cómo podía ser tan frío?

–¿Cómo puedes ser así, Dio? –musitó ella, llena de desesperación.

–¿Ser cómo?

–Acabamos de... hacer el amor...

Con horror, Dio comprendió que no había manera de zafarse de aquella conversación.

–Hemos venido a eso. A hacer el amor. A disfrutar de nuestra luna de miel...

–¡Lo sé!

–Entonces... ¿qué pasa?

Allí era donde lo había llevado su plan de venganza, se dijo Dio. Había creído que era inmune al dolor, que tenía el corazón de hielo. Pero estaba descubriendo que no era así.

–¿No sientes nada? –le increpó ella. Deseaba mantener la calma, sabía que estaba luchando una batalla perdida, pero fue incapaz de contenerse.

Dio tragó saliva, tratando de bloquear las emociones desconocidas que lo invadían.

Ella tenía los puños apretados, el cuerpo rígido y su mirada acusadora ocultaba un hondo dolor. Él sabía que a la rabia y el dolor los seguiría el desprecio. Sabía que su mujer volvería a despreciarlo como había hecho antes.

Era lo que se merecía, se dijo Dio, odiándose a sí mismo por lo que iba a decirle.

–Hemos disfrutado de nuestra luna de miel –señaló él, pronunciando las palabras como si estuviera masticando cristales cortantes. Pero sabía que era lo que debía hacer–. Ahora debemos pasar al divorcio...

Capítulo 10

LUCY miró a su alrededor en la nueva casa que sería su hogar.

Sabía que debía alegrarse. Cuando había reunido todo su valor para sacar el tema del divorcio con Dio, ese era el resultado que había esperado.

No. Aquello era mucho mejor de lo que había esperado.

Se había pasado dos semanas en la casa de Londres, tiempo durante el cual Dio, muy convenientemente, había estado de viaje. Él había cumplido todas sus promesas y había sido más generoso de lo que podía imaginarse.

Se había ocupado de comprar de inmediato un piso enorme en una de las mejores zonas. La decoración era impecable. Sin duda, le había encargado a alguno de sus asistentes que buscara muebles que dotaran a la casa de un aspecto cómodo, hogareño, acogedor.

A Lucy no le sorprendía que Dio hubiera acertado con el piso perfecto en tan poco tiempo.

Tras haberse pasado un año casada con él, había aprendido que lo primero que el dinero podía comprar era velocidad. Lo que Dio quería, lo obtenía al instante. Y él había querido comprarle ese fabuloso piso.

También había querido librarse de ella, después de

haber disfrutado de la luna de miel que habían acordado.

Lucy se sentó en una de las cajas que llenaban el salón y se quedó mirando por la ventana con aire triste. Desde allí, podía contemplar el cielo, de un color gris que acompañaba a su humor.

Debería estar contenta.

Estaba económicamente cubierta para el resto de su vida. El viejo edificio donde había acudido a dar clases estaba siendo renovado y se convertiría en uno de los centros de estudio más modernos y preparados. Sin duda, docenas de niños pobres encontrarían en él un trampolín a una vida mejor.

Además, había podido inscribirse a un curso para ser maestra. Era algo que siempre había querido hacer y, al fin, podría llevarlo a cabo sin tener que preocuparse por el dinero. Había muchas cosas por las que estar agradecida.

Pero...

Con un suspiro de desesperación, se levantó y miró hacia la calle por la ventana.

Durante un mágico momento, cuando había estado en el paraíso caribeño, se había permitido albergar esperanzas. Se había abierto a Dio, aunque, por suerte, se había detenido antes de confesarle lo que sentía por él. Había soñado con que el destino, tal vez, quisiera darle una oportunidad de ser feliz a su lado.

Había sido una idiota.

Quizá, Dio no la había usado de la manera en que ella había creído, pero tampoco se había preocupado por ella. ¿Por qué se había casado con ella? Probablemente, porque le había atraído y había decidido que podía ser un buen complemento. Ni siquiera había puesto reparos a tener un matrimonio sin sexo. Pero, una vez que el sexo había formado parte del menú, él había estado más que dispuesto a darle el divorcio.

Lucy sabía que, al menos, cuando se habían separado, él se había preocupado por ella lo suficiente como para asegurarse de su bienestar material. ¿Pero de qué servía eso cuando estaba emocionalmente hundida?

La verdad era que Lucy no quería su cortesía, ni su amabilidad. Quería...

Frustrada, empezó a deshacer la maleta. No eran todavía las diez de la mañana y no sabía por dónde empezar. Había mucho por hacer. Había dejado la mayoría de sus vestidos de diseño, pero Dio había insistido en que se llevara las joyas.

–Valen una fortuna, Dio –había protestado ella, cuando habían subido al avión.

–¿Qué quieres que haga con ellas? –había preguntado él, encogiéndose de hombros.

Lucy había estado tentada de decirle que siempre podía regalárselas a su sustituta. Ella, desde luego, no tenía intención de ir a dar clase a sus alumnos con collares de diamantes.

Empezó a colocar las cajas de joyas en el fondo del armario, aunque sabía que, antes o después, era mejor que las guardara en un sitio más seguro. Llevarlas a una caja fuerte. O, tal vez, donarlas a alguna organización benéfica.

Estaba tan absorta en su tarea, tan ensimismada pensando cómo su vida había cambiado para siempre, que apenas oyó el timbre del telefonillo.

Se preguntó quién podía ser. Y, aunque esperaba que fuera Dio, se sorprendió cuando vio su imagen en la pequeña pantalla, mirando impaciente a su alrededor.

–¿Vas a dejarme entrar? –preguntó él, tenso.

Llena de excitación, Lucy respiró hondo para sonar calmada.

–¿Qué estás haciendo aquí?

–He venido a... –comenzó a decir él y se interrumpió, pues no sabía cómo continuar–. Déjame entrar, Lucy. Necesito hablar contigo.

–¿Es sobre el divorcio? Creí que estaba todo claro.

–No me gusta tener esta conversación por el telefonillo.

A Lucy tampoco le iba a gustar hablar cara a cara, pero apretó el botón para dejarlo entrar. Lo más probable era que Dio hubiera ido para comprobar si todo estaba bien en el piso. Se mostraría educado y cortés y ella querría gritar de frustración.

–¿Cuándo has vuelto? –inquirió ella, en cuanto le abrió la puerta.

Nunca lo había visto tan guapo. Llevaba el pelo negro peinado hacia atrás y su sensual rostro le recordaba todos los momentos íntimos y gloriosos que habían compartido antes de que él hubiera empezado a mostrar solo fría indiferencia.

–Hace una hora y media –contestó él. Le había faltado tiempo para ir a verla. Se había dado cuenta de que había cometido un terrible error.

La había dejado escapar. Le había permitido irse y su conciencia no dejaba de culparlo por ello.

–¿Y has venido directo aquí?

–No me gusta retrasar las cosas.

–¿Retrasar qué? –preguntó ella. Tuvo que hacer un esfuerzo para apartar la mirada de su cara. Se dio cuenta de que estaba sudando y le temblaban las manos, así que se las escondió detrás de la espalda antes de volcarse en un apresurado discurso de gratitud por el piso. Nerviosa, se disculpó por el desorden y le ofreció algo de beber.

Dio miró un momento a su alrededor, antes de clavar los ojos en ella. Parecía tan poco arreglada... Llevaba el pelo recogido en una coleta y vestía vaqueros, una camiseta demasiado grande y unas viejas zapatillas sucias. No se parecía en nada a la elegante belleza que había hecho de anfitriona perfecta para sus socios de negocios.

¿Pero acaso él no había comprendido que Lucy no era esa fría belleza, sino una persona muy diferente?

También parecía estar muy nerviosa. Lo que le recordaba a Dio lo nervioso que estaba él. Era una sensación nueva por completo. Sabía que había solo una persona en el mundo que podía producirle esa sensación. Era la misma que estaba mirándolo con ansiedad en ese momento, como esperando oír algo que no le fuera a gustar.

–¿Has tenido el periodo?

–¿Cómo dices?

Dio se pasó los dedos por el pelo.

–Hicimos el amor sin protección. ¿Recuerdas?

–¿Te has bajado del avión y has venido corriendo hasta aquí para asegurarte de que no estoy embarazada?

Dio se encogió de hombros y frunció el ceño. Tomó una de las sillas que había en el salón lleno de cajas y se sentó.

–Te dije que no pasaría nada –dijo ella, tensa, con los brazos cruzados, como si por fin hubiera comprendido la razón de su visita.

Así que Dio no había ido a ver si todo estaba correcto en la casa que le había comprado. Había ido a asegurarse de que no hubiera ninguna situación incómoda a la que enfrentarse. ¡Qué mala suerte si, después de haber logrado deshacerse de ella, tuviera que ocuparse de otro asunto más engorroso todavía!

–No hacía falta que vinieras a toda prisa, temiendo que podías tener que enfrentarte a otro desastre.

–¿Por qué iba a pensar que sería un desastre que estuvieras embarazada?

Lucy se negó a ver un atisbo de esperanza en su pregunta. Había ya cometido bastante veces esa estupidez y tenía claro adónde le conducía. A ninguna parte. Así que se limitó a responder con un pétreo silencio.

–¿Por qué no te sientas? –sugirió él.

–¿Para qué? –replicó ella, llena de resentimiento–. Ya me has dicho para qué has venido y ya te he contestado. ¿Qué más quieres hablar?

–Resulta que muchas cosas –repuso él y se inclinó hacia delante, dejando caer los brazos en los muslos.

Perpleja, Lucy contempló su actitud de derrota, inseguridad, titubeo. Era la primera vez que veía a Dio titubear. Incluso, cuando le había pedido el divorcio, él le había respondido con firmeza y al instante lo que había querido a cambio. Era la persona más segura de sí misma que había conocido. Sin embargo, en ese momento...

–¿Como qué? –inquirió ella, extrañada.

–No me casé contigo porque pertenecieras a la clase alta, Lucy.

–Yo... ya lo sé. Ahora ya lo sé. Y tú sabes que lo sé.

–Pero que no me casara contigo por esa razón no

significa que mis intenciones fuera completamente honorables.

–Dio, no tengo ni idea de qué estás hablando.

–Es una larga historia –dijo él, suspiró y la miró con ojos llenos de incertidumbre–. Y sabía quién era tu padre cuando decidí comprar su compañía. De hecho, lo conocía hacía mucho tiempo.

–¿Cómo?

–Ocurrió hace décadas, Lucy. Antes de que tú nacieras. Nuestros padres se conocían.

–No te entiendo.

–Todas las familias tienen esqueletos en el armario.

–Sí –aceptó ella, pensado en sus propios trapos sucios, un secreto para todo el mundo menos para el hombre que tenía delante.

–A veces, esos esqueletos son tan grandes que crean todo tipo de problemas. Hace mucho tiempo, mi padre inventó algo genial, en una época en que era amigo de tu padre. Estaban juntos en la universidad. Mi padre era un cerebrito, el tuyo siempre estaba de fiesta. Sin duda, mi padre se sintió fascinado por el tuyo y su estilo de vida de playboy. Y, cuando tu padre quiso invertir en él, el mío confió en él. Por desgracia, se equivocó.

Lucy empezaba a adivinar lo que había pasado.

–Mi padre...

–Se lo llevó todo. Se aprovechó del trabajo de mi padre, se hizo de oro gracias a ello y se lo quitó todo. Para resumir, te diré que... crecí pensando en vengarme. Me tomé mi tiempo. Fui a la universidad y me aseguré de ser el primero en todo. Por suerte, tenía un don para los negocios. En cuanto tuve bastante capital, junto con un préstamo del banco, me dediqué a la adquisición de negocios. Hice más dinero del que podía gastar, pero solo había una cosa que quería hacer con mis millones. Esperé el momento adecuado. Sabía que llegaría, porque sabía la clase de hombre que era Robert Bishop.

—Estaba cavando su propia fosa... robando las pensiones de sus empleados.

—Así es. Y yo supe cuándo atacar. En la conversación que escuchaste aquella noche, fue cuando le conté quién era yo.

—Debía de haberlo sabido antes. Debió de reconocer tu apellido.

—Claro que sí. Pero era un hombre tan arrogante, tan seguro de su poder, que nunca se le ocurrió que estaba jugando un juego en que solo podía haber un ganador, yo.

—Por eso saliste conmigo...

—No lo había planeado. De hecho, aunque conocía cada detalle de la compañía de tu padre, nunca tuve el más mínimo interés en su vida personal. No sabía de tu existencia hasta que te conocí en la primera visita, cuando acudí a hacer mi oferta a la compañía.

—Y mi padre nos animó a salir...

—Yo no necesitaba que me animara, créeme. Él sabía quién era yo, pero era tan estúpido que creyó que podía jugar conmigo. Quizá, pensó que podía utilizarte como herramienta para conseguir un trato mejor. Había engañado y manipulado a mi padre y pensó que podía hacer lo mismo conmigo. Tengo que admitir que no lo desilusioné de inmediato. Salí contigo y... lo pasé bien.

—Lo pasaste bien... —repitió Lucy despacio, pensando en la pregunta cuya respuesta sabía que no quería escuchar–. ¿Pero tenías planeado pedirme que me casara contigo?

Dio la miró a los ojos. Había cerrado miles de tratos difíciles, pero nunca se había sentido tan nervioso por lo que podía pasar... ni tan desesperado por lograr lo que quería.

–No.

–Planeabas divertirte conmigo y, luego, dedicarte a tu objetivo de hundir a mi padre.

–Se puede resumir así.

–¿Por qué cambiaste de idea? ¿Por qué decidiste pedirme que me casara contigo? –inquirió ella, confusa y desesperada. Entonces, al verse en sus fríos ojos, comprendió que, sin duda, él lo había considerado una nueva manera de poder vengarse–. Lo entiendo –añadió en voz baja y hundida–. Pensaste que, si además de la compañía me tenías a mí, podías vencer a mi padre en todos los frentes...

Dio no dijo nada. No era fácil entender el complejo mecanismo de la venganza que lo había motivado durante tantos años. Pero algo más grande se había apoderado de él y lo había dejado fuera de combate cuando había querido casarse con Lucy.

–¿Cómo pudiste? –le espetó ella y se levantó con el estómago encogido.

Dio la agarró de la muñeca.

–Pensé que te había juzgado mal –continuó ella, llena de amargura, y apretó el puño para no darle una bofetada.

–Lo sé –contestó él con suavidad–. Igual que sabía que te resultaría doloroso conocer la verdad. ¿Por qué crees que decidí que lo mejor sería apartarme de ti y ahorrarte los detalles?

–Oh, qué amable por tu parte –replicó ella con sarcasmo, casi incapaz de contener las lágrimas.

–Al final, me ha sido imposible ser amable.

Dio advirtió los esfuerzos que estaba haciendo para no llorar. Se sentía impotente y furioso consigo mismo por estar causándole tanto dolor.

–Podías haberme ahorrado los detalles, como tú dices. Podías haberme dejado creer lo que creía.

–Te merecías saber la verdad, Lucy, sobre todo, porque...

Dio la soltó y ella se fue a la otra punta de la habitación. Se sentó sobre una pila de cajas, mirándolo.

–¿Porque... qué?

–No te he dicho todo lo que quería decirte...

–¿Qué más puedes decirme, Dio?

–Pensé que me casaba contigo para hacer que la venganza fuera completa. Pensé que eras la niña mimada de papá y, sí, creí que podía privarle de más cosas que de su empresa. Nunca se me ocurrió que lo que sentía por ti no tenía nada que ver con vengarme de tu padre.

–Oh, vamos...

–Sabía que me gustabas mucho, pero no me daba cuenta de que mis sentimientos iban más allá. Por eso, me puse furioso cuando decidiste que el sexo no formaría parte de nuestro matrimonio. Pensé que me habías manipulado y me habías utilizado para proteger a tu padre.

Lucy se sonrojó porque, aunque todo había provenido de un terrible malentendido, ella tampoco estaba libre de culpa. Los dos habían hecho mal.

–Le ahorré a tu padre el tener que ir a la cárcel y lo hice por ti.

–Habría sido una buena forma de vengarte del todo.

–No pude hacerlo.

–¿Ni siquiera cuando supiste que no me iba a acostar contigo?

–No. Tal vez... –dijo él y sonrió–. Igual me enamoré de ti y no fui capaz de dar ese último paso.

–¿Enamorarte de mí?

–Por eso perdí el interés en el resto de mujeres en cuanto entraste en escena. La única con la que quería acostarme eras tú. Pensé que era porque no me habías dado oportunidad de hacerlo. Pensé que era cuestión de desear lo que no se podía tener...

–Esa es la razón por la que querías que nos fuéramos de luna de miel, para poder olvidarme después...

–He venido a confesarlo todo, Lucy. Te dejé marchar y me equivoqué. Pero no sabía qué hacer, con tantos trapos sucios por lavar –admitió él y la miró suplicante, preguntándose qué estaría pensando ella, aterrorizado de perderla.

–Has dicho que te habías enamorado de mí...

–Quiero tenerte a mi lado para siempre. No quiero el divorcio, Lucy, aunque si tú insistes, me iré. A menos que decida presionarte sin descanso hasta convencerte. Debes saber que puedo llegar muy lejos para conseguir lo que quiero.

Lucy esbozó una sonrisa temblorosa.

–No puedo creer lo que oigo, Dio –confesó ella y suspiró–. Me enamoré de ti en el mismo momento en que entraste en mi vida. Nunca pensé que... lo que sentía podía no ser real. No tenía ninguna... experiencia. Entonces, escuché esa conversación y mi padre confirmó mis temores... No tienes ni idea de lo que sufrí. Algo murió dentro de mí. Sentí que había sido comprada, como un objeto.

–Estaba ciego, Lucy. No había estado buscando el amor y fui demasiado arrogante como para reconocer que lo había encontrado de todos modos.

–Me casé con el hombre del que estaba enamorada, pero me convencí a mí misma de que no era así. Sabía que, si admitía la verdad, me habría hundido.

–Tuviste que fingir, querida esposa, tuviste que dejarte encerrar en una jaula de oro, y yo tengo la culpa. No es de extrañar que quisieras el divorcio.

–Sí. Quería el divorcio y quería dedicarme a una nueva vida como maestra. Pensé que me sentiría libre como un pájaro después de separarnos. Sin embargo, durante nuestra luna de miel, todos esos sentimientos que había estado guardando bajo llave salieron a la luz... Seguía loca por ti. Nunca había dejado de estarlo... –confesó ella. Al mirarlo a los ojos, leyó en ellos una inmensa ternura que le calentaba el corazón.

–Mi amor...

–Te quiero tanto, Dio.

–La venganza puede no ser una motivación honorable, pero no la cambiaría por nada, porque me llevó a ti, preciosa Lucy –afirmó él, acercándose a ella–. Y estar contigo es estar en casa –añadió y se arrodilló, contemplándola con ternura–. Mi querida casi exesposa, ¿puedo pedirte que no te divorcies de mí?

–¡Nunca había escuchado una propuesta de matrimonio tan extravagante! –exclamó ella, riendo. Con el corazón acelerado, lo rodeó con sus brazos–. ¿Cómo puedo negarme? El pasado ha quedado atrás y el futuro es nuestro –dijo y lo besó con cariño–. Mi amado esposo, para siempre...